からくり夢殺し

ゆめ姫事件帖

和田はつ子

角川春樹事務所

目次

第一話　ゆめ姫が事件の夢を見られない？

一

ゆめ姫は夜中に目を覚ました。庭先で咲き始めたばかりの沈丁花の香りが鼻を突いたからであった。夢治療処の看板を掲げている家の中で物音もしている。

――もしや盗っ人？――

けれど、身体が重く起き上がれない。

大奥から付き添ってきて市中のこの家に起居している藤尾のことが気になった。その名を大声で呼んだつもりではあったが、声は出ていない。

そんな姫の前にお多福の面を被った黒装束が中腰で屈み込んだ。

「姫様のお命、お守りにまいりました。お身体がしばしままならなくなる薬を使わせていただきました。ご不自由でしょうが、どうか今少しの時、ご辛抱ください。ご心配の藤尾様は深く寝入って、押し入れでお休みでございます。御安心ください」

低めだが何とも美しい、表情が豊かな男の声はなぜか姫の心に染み入った。

「出来れば藤尾様のようにお休みになっていていただきたいのですが、姫様は鋭い五感をお持ちになっておられるので、このままでいらっしゃるほかありません。如何なることがあろうとも、このわたくしをお信じください」

わかりましたと応える代わりに姫は瞬きを三度繰り返した。

と同時に、ゆめ姫の部屋の障子が突き破られた。次に見たのは黒装束が二人、中庭でしきりにすれ違い、宙で舞っているような様だった。目にも止まらぬ速さで刀を交わしている。闘っているのだった。

――死なないで――

姫には声が独特だった黒装束を見分けることができた。

沈丁花の香りに混じって血の匂いが流れてきた。地には黒装束の骸が累々と重なり合って転がっている。

――でも、相手もとても強い――

黒装束たちは五度目の飛翔でぶつかり合うと、ついに一人が力なく地に落ち、動かなくなった。

――よかった――

ゆめ姫には遅れて地に降りた方が魅力的な美声の主だとわかっていた。

「もう、大丈夫です。お休みください」

その声に誘われたかのような心地良さで姫は眠りに入った。夢は見なかった。

翌朝、目覚めると庭に死屍は無く、突き破られたはずの障子も変わりなかった。藤尾に変わったことはなかったかとさりげなく訊いてみても、

「ございません、ぐっすりと眠りました」

常の寝起きと変わらない笑顔だった。

――あの男が押し入れから出して寝かせたのね――

姫はなるほどと得心する一方、その様子が目に浮かんで心が波立った。

――あの素敵な声に抱かれているみたい――

気持ちが鎮まらないゆめ姫は庭に下りて確かめたが、死屍はもちろん血の痕さえも見つからない。

――もしかして――

香りのいい沈丁花を姫は好んでいる。沈香や丁子に似た香りを放つ花の時季になると、近づき、ためつすがめつ眺め、香を聞くように楽しんでもいた。

枝の先に白砂のような小さな花が手毬状に固まって咲き、その花を囲むように長丸形の固い葉が放射状につく。

――見つけた――

沈丁花の一枝が鋭い切り口を残してばっさりと切られていた。切り落とされた枝は始末されたのだろう、もうそこにはない。けれども、忍者刀や鎖鎌で闘い合った様はこの切り口が物語っている。

――これは断じて夢などではないのだわ――

姫は慄然としつつ、密かな喜びを感じた。

――あの者は生きてこの世にいる――


その頃、将軍家御側用人池本方忠の屋敷の裏手に、城からの迎えの乗物がつけられた。登城の日ではなかったので、

「まあ、こんなに早く――いったい、何でございましょうか？」

妻亀乃は不安そうに呟いた。

「火急の御用であろうが、案じるでない」

方忠はにこりともせずに言い放つと乗物に乗り込んだ。

ちなみにこの池本家には以前、将軍家息女ゆめ姫が起居していて、掃除や洗濯、煮炊きや針仕事等の市井の女たちのたしなみを学んでいた。もっとも、真の身分を知る者は将軍から娘を託された方忠一人であった。ゆめ姫から叔母上様と呼ばれていた亀乃は、しごく暢気で大らかな気性の持ち主でもあり、姫を夫の恩人の忘れ形見だと信じきっている。

「何だが、嫌なことが起こっているような気がするわ。町家に引っ越して行かれたゆめ殿は息災なのかしら？」

胸が騒いだ亀乃は仏間に入り、仏壇に手を合わせた。

乗物を寄越した相手は大奥総取締役の浦路であった。男子禁制の大奥には御側用人の方

忠であっても、容易に足を踏み入れられない。そこで緊急時のために、中奥に小部屋が用意されていた。

中奥とは将軍が昼間、側用人の方忠はじめ、老中等の重職たちと執務を行う所であった。咳払い(せきばら)をしたり、どんどんと足踏みをして報せ合っていた頃とは異なり、手を加えられた小部屋には仕掛があって、壁と見せかけている入口が二方に付いている。方忠、浦路はそれぞれの壁を押して中へと入った。

向かい合って座ると、

「はて、何でございましょうか？」

髷(まげ)の白さが目立つ方忠は悠揚(ゆうよう)迫らざる物言いで訊(たず)ねた。

亀乃には伏せてあったが方忠は自分が今、こうして呼ばれた理由(わけ)の見当がついている。ゆめ姫が夢治療処を開いた時、小部屋に仕掛をつくったように、方忠は屋敷の茶室にも仕掛をつくった。亀乃には風流と見せかけて朝夕庭を散策する際、必ず立ち寄って、切ってある炉(ろ)の灰の中を検(あらた)める。姫の無事の確認であった。中に埋まっている碁石(ごいし)が白ならば姫に何の心配もなしであり、黒ならばすぐにある筋に使いを出してその根拠を訊き、さらなる調べ、そして護衛の強化を命じていた。

「何やら、昨夜、姫様のお近くで騒ぎがあったという話です」

浦路は眉(まゆ)をやや上げ気味に方忠を見据えた。頬骨(ほおぼね)の目立つその顔は顎(あご)も尖(とが)り気味でとりつくしまなどないように見える。

「そうでしたな」

やはりまた方忠はゆったりと応えた。

浦路が独自に、ゆめ姫の身の安全について報せる者たちを擁していることは知っていた。

「姫様をお傍近くでお守りしている者たちが一人残らず斬り殺されたと聞きました」

浦路は声を低めた。

「ええ」

方忠は初めてここで大きく目を瞠って、

「こちらも用心させてはいたのですが、十三人殺られました。向こうも多勢だったうえ、途方もなく強い手練れがいたのです。しかし、最後は駆け付けたこちらの手の者がゆめ姫様をお守りして果敢に闘い、敵方の手練れを斃しました」

きっぱりと言い切った。

「それでは是非、その者に姫様お傍の守りを任せてください」

「それは出来ません。なぜなら、敵方の中には逃げた者もいて、生き残ったこちらの手練れの様子を、覚えていないとも限らないからです。狙い討ちにされるかもしれないその者を、ゆめ姫様のお傍に配すれば、ゆめ姫様に累が及ぶかもしれませんので、できません。でも御安心ください、討たれた十三人の代わりの者が、姫様が住まわれている夢治療処の近くの家々にすでに入って守りを固めております」

「しかし、何とまあ、凄惨で血生臭い――、ゆめ姫様のお心持ちは大丈夫でございましょうか？　お小さい頃からお菊の方様の御血筋を引いて、とても感じやすいお方なのですよ」

浦路は訴えるような目で方忠を見つめた。

「それも御安心ください。骸や血溜まりの類いは迅速に片付けました。血糊一つ遺らぬよう徹底的に清めました」

方忠は敵方の骸が姫の住む家の庭に累々としていた事実を知らされていたが、浦路には露ほども明かさなかった。まさにゆめ姫の身が危機一髪だったことも——。

「それから藤尾にも変わりはありません。姫様同様、よく休んでいたようでこの一件のことは何も知らないはずです」

方忠のこの言葉に、

「まあ——」

浦路は和んだ目色になったものの、口を尖らせた。

「ですので、ご心配されることはもう何もございません」

方忠が微笑むと瞠っていた目が筋に変わった。

「そのようですね」

浦路が頷くと、

「浦路殿はたいそう信心深いお方と聞いています。ゆめ姫様を守るというお役目とはいえ今回、命を落とした者たちの成仏を、ここでわたしと一緒に願ってはいただけませんか」

方忠は率先して瞑目した。

二

――やれやれ、やっと、浦路殿の詰問をやり過ごせた。有り体に話していたら、卒倒されてしまう。ただでさえ大奥は女たちの嫉妬や誹謗中傷、ようは揉め事の種が蠢いているところ、身を挺して大奥の秩序を守っておられる浦路殿が寝つきでもしたら、それこそ一大事だ。まずはよかった――

「それではこれにて」

方忠が辞そうとすると、

「池本殿」

浦路が呼び止めた。

「一つ、不思議なことに思い当たりました」

「何でございますか？」

「これだけのことが起こったというのに、姫様は降りかかってくる凶事の夢をご覧にはならなかったのでしょうか？　ゆめ姫様の夢は成仏できず、この世を彷徨っている霊たちの夢のほかは予知夢で、たいていは凶事でしたでしょう？　わかっていれば危うい目にお遭わせせずとも、他所にお移りいただくこともできたはず」

浦路は首を傾げて、

「もしや、藤尾が姫様の肝心な夢の話を聞き逃してしまっていたのでは？　だとすれば迂闊な藤尾の役目を解かねばなりません。もちろん、この経緯を常はご心配をかけてはとご遠慮申し上げている、上様にもお報せせねばなりません。そして、姫様には上様の命により、安全な西ノ丸へお戻りいただくことにもなります」

再び眉を上げた厳しい表情になった。

「それは──」

襲撃など無かったことにするための始末に追われ続けて、ここまでは考えていなかった方忠は、

──たしかにその通りだ──

浦路の指摘に咄嗟には応えられなかったが、

「ゆめ姫様は夢治療処を開業されておられる一方、奉行所の同心や与力が関わる事件にも加わってお役目を果たしておられます。これは夢で人を救ったり、癒したりできる姫様の力を見込んでの、隠れている罪人は見逃してはならない、無実の者を刑死させてはならない、自身の夢の力で広く正義を全うせよという上様のお望みでした。これを察したゆめ姫様は、常に我が身よりも世のため人のためにを心がけておられるのではないかと思います。それゆえ、知らずとご自身に降りかかる禍の夢よりも、広い正義に関わる夢の方が先行されているのではないかと──」

何とか辻褄を合わせたが、

「それでも姫様にもしものことがあれば、あれだけゆめ姫様を慈しんでおられる上様のこと、どんなにお心をお落としになられることか——もちろん、池本殿にもこのわたくしにも厳罰が下ることでしょう。大奥で生涯を終える覚悟のわたくしはともかく、関ヶ原以来の由緒ある名家池本家の断絶は、奥方様との間に二人の男子がおいでのこともあり、御先祖様に顔向けできず、さぞかしお辛いのでは？　それに何より、忠義を捧げなければならない将軍家の御息女を守れなかったとあっては不名誉が過ぎます」

浦路は痛いところを突いてきた。

「次男の信二郎は奉行所勤めをしております。昨夜、きっと何か市中を震撼させるような出来事が起こっているのではないかと思います。たぶん姫様はそちらの方の夢をご覧になっているのです。急ぎ屋敷に帰って、信二郎を呼んで訊いてみます」

「その旨、必ずお報せください」

浦路は低いが凄みのある声で念を押した。

「わかりました」

——やはり、浦路殿には敵わない——

方忠はたじたじとなりながら冷や汗をかきつつ小部屋を出た。

その頃、信二郎は芝に居た。元は海産物問屋の荒れた空き家の裏手にある天然の氷室、小さな洞窟の中である。

「ったく、酷いもんですよ」

元の海産物問屋は長いこと行方が知れず、お上の持ち物となり、せりに掛けられたのを買った味噌屋がぶつぶつと文句を言いながら立ち会っている。味噌屋の名は元吉。三十歳を少し出た年齢で、これまでは、住んでいる長屋で拵えた江戸味噌を売り歩いていた。

「お上からの下がりもんだし、わざわざ氷室を造らねえでいいんで、余計な銭をかけないで済む。そんな浅ましいことを思いついたのが仇だったよ。こんなもんが出てきちゃ、もうお仕舞えだ。味噌なんて作れねえ。やっぱ、安いもんは買うもんじゃないね」

　まあ、そうなのだろうなと思いつつ、信二郎は蓋が開けられた長持の中を覗き込んだ。

「ここは夏でも涼しくて湿気が多いから、このような姿の骸になったのじゃろう」

　駆け付けた年配の牢医小川尊徳が告げた。年齢は四十五、六歳で肌の色艶も悪くはないし、小太りの身体つきながら働きは敏捷そのものではあったが、ぴかぴかと坊主頭の頭皮が光っていた。そのせいで色好みのやや不謹慎な医者に見えないこともなかった。ただし、着ている白い木綿の小袖も袴もよれよれではあったが――。

　このところ奉行所では手許不如意の為、牢医が骸検めの医者も兼ねている。奉行所の牢医も骸検めもろくな手当は出ないので、尊徳は遊び好きではあっても、欲得ずくの医者ではなさそうだったが、そう親しくはない信二郎は尊徳の私生活までは知り得ていない。

　骸は珍しくも骨にはなっていないが、死んで日も浅い腐乱の状態とも違っていた。全身は一見、濡れた石灰をまぶしつけたかのように見える。信二郎は骸が着ている小袖の衿に黒くこびりついている古い血の痕を見ていた。手を伸ばして、襤褸になっている小袖の胸元をぐいと開いた。

胸の中央に心の臓を突いた痕が赤黒い穴になっている。

「おお、こりゃあ、紛れもなく殺しよな」

医者はさらりと言ってのけて、

「それじゃ、わしはこれで。罪人とはいえ生きている者が病に罹れば、とにかく手当をせんといかんでな。後はそちらのお仕事でございましょう」

薬籠を手にすたすたと氷室を出て行った。

信二郎は遠巻きにしていた定町廻り同心の淵野有三郎と岡っ引きの屋助の助けを得て、長持から骸を出すと、広げた茣蓙の上にそっと置いた。

「骨は新しいか古いかの別くらいはつくが、この様子では殺された時が決められぬな」

信二郎はそう呟くと襤褸になっている骸の着衣を調べた。片袖から手控帖が出てきた。

手控帖もまた、骸同様、濡れた石灰のようなもので一枚、一枚が被われていたが、書かれた文字は判別できた。年月日も判然としている。まずは骸の身元がわかった。

「手控帖の裏に片口清四郎とある」

「片口殿」

二十歳代半ばの淵野の童顔が青ざめた。

「知っているのか？」

信二郎は訊いた。

「片口清四郎殿は亡き父の同輩、北町奉行所の定町廻り同心です。働き盛りに突然、神隠しに遭っていなくなりました。片口殿は北町奉行所にこの人ありと言われた、大変手柄の多い方だったそうです。明るい人柄で人望もありましたが、それでも、出来る人にありがちな恨み買いで殺され、池にでも沈められたのだという、まことしやかな囁きがあったそうです。まさか、こんな姿でこのわたしが出遭うことになろうとは、正直思ってもみませんでした」

淵野の声が幾分震えた。

「手控帖の最後の日付けは五年前だ。五年前にこの男、片口清四郎は殺されたことになる」

言い切った信二郎はさらに手控帖をめくって、書かれている文字の中から名だけを呟くように声に出して読んだ。

素早く淵野がそれらを書き留めていく。以下のようであった。

友吉（ともきち）
栄美（えみ）
松恵（まつえ）
幹大（かんた）

「この者たちを探すのだ」

命じた信二郎に、

「わかりました」

淵野は恭しく頭を下げたが、

「けど、五年も前なんでしょ？　あっしがまだ下っ引きで、金魚の糞みてえに親分について廻ってた頃です。その頃から江戸八百八町に住む連中の名は空で覚えるようにしてやした。思い当たる同じ名はありやすが、はて、そいつが片口の旦那のお知り合いだったかどうかまではわかりやせん。そんなに経ってちゃ、名なんて変えっちまってるかもしれませんしね。それに同じ名の奴は一人じゃなさそうなんで、こん時の連中の年齢がわかりやせんと調べはたやすくねえんで。後ろ暗いところがあって、片口の旦那に調べられてたんだったら、しらばっくれるに決まってやすし、ま、雲を掴むような話でさ」

働き盛りで遣り手の岡っ引きと自負している屋助は文句を言った。

「そこを何とか頼む。四人のうち一人でも今、どうしているかわかれば下手人の糸口が掴めるかもしれない」

信二郎が浅くはあったが頭を下げると、

「与力様にそこまでされるともうやるっきゃありませんや」

屋助は苦く笑って頷いた。

三

屋助はとりあえず、知っている友吉、栄美、松恵、幹大を訪ねてみると言い、

「ただし、これには幼子や赤子もきっと入ってやす。子ども好きだったとは聞いてねえ、片口の旦那とつきあいがあるとは思えねえですが、こいつらも調べやすか？」

念を押された信二郎は、

「子どもが下手人とは思い難いが、子どもに関わってのことかもしれぬゆえ、調べてくれ。武家に限らず、町人でも早世した先祖や兄弟姉妹の名をつけることがある。それも踏まえて広くやや深めに調べてくれ」

念には念を入れた。

淵野は奉行所の蔵に眠っている人別帖を五年前からくまなく調べることに決めた。

「片口清四郎に家族はいたのか？」

訊かれた屋助は、

「いやしたよ、何しろ元は吉原のお女郎だっていうんだから、たいした別嬪の御新造さんでね、みんな羨ましがるほどでした。馬面で男前とはほど遠かった片口の旦那は、途方もない綺麗好みだったんですよ。あっしも眩しくて眩しくて、すれ違ってもろくに顔が見られなかったほどですよ。ま、噂じゃ、若い頃とまるで変わっちゃいねえっていう話でさ」

年甲斐もなく頬を染めた。

——吉原勤めとあれば借金を返して年季が明けるまでに時も金も要る。同心は三十俵二人扶持、到底身請け金を払えるわけがない——

信二郎の不審を察した屋助は、

「ぴんからきりまである吉原でも、片口の旦那が見初めた相手がいたのは一流どころだって聞いてますから、身請けの金ともなればため息が出るほどの額だったでしょうね。そんな金を出せたんだから、『片口清四郎の財布はもう一つあって、そいつは入る一方だったに違いない、強請が過ぎて財布もずっしりと重くなり、とうとうあっちへ行っちまったんだ』なんていう噂も飛び交いやしたよ。ほんとかどうかはわかりやせんが、女郎だった御新造さんは同心の女房になっても、値のいい着物を着てて何とも艶やかでした。草履の裏と変わらねえご面相の長屋の女房たちが、『あれは女郎女房さ、真面目にやってる女房たちの面汚しだ』なんて、言ってるのを聞いたことがありやす。怖いね、女のやっかみは——」

肩をすくめて見せた。

「その女に会ってみよう」

——どんな女なのだろう？　そして夫片口清四郎がこのような姿で見つかったと報されて、どんな様子になるのだろう？——

興味を惹かれた信二郎は片口清四郎の新造に事実を伝える役目を買って出た。

「女房の名は紅恵、源氏名は紅山。片口の旦那がいなくなってから、一年も経たずに、浅草に住む香具師の元締め末造の女房におさまってます。たしか末造は新しく口入屋も開いたはずですぜ」

「それからこの一件はくれぐれもまだ内密に。市中の守り役の同心が殺されて、下手人はまだわからないとあっては、お上の威信に関わるゆえな」

信二郎は厳しく口止めすると、屋助が教えてくれた浅草の田原町へ向かった。江戸の香具師は歯の民間治療をしている辻医者や、軽業・曲芸・曲独楽などをみせて客を寄せ、薬や香具を売る、店を持たない商人たちであった。元締めはこうした香具師たちから商いをする場所代を取って、場所をめぐる争い等が起きないよう厳重に仕切っていた。

末造の家は一見商家である。そこそこは立派な間口に藍染めの暖簾が掛かっていて、〝末造〟と白く染め抜かれている。表店であってもおかしくないのだが、裏店であり、店の中に入るとがらんとした土間には、熨斗のかかった無数の箱が置かれていて、それぞれから匂いが流れ出ていた。薬問屋を訪れてでもいるかのような錯覚に陥る。ただし薬問屋のような活気とは無縁でしんと静まり返っている。箱の中身は数知れない薬の類いや伽羅などの香類と思われた。

――末造の仕切りの元で商いをしている者たちから始終届けられる、挨拶代わりの品なのだろうな。いずれまとめて献残屋にでも売るのだろう――

「南町奉行所から参った」

信二郎が声を張って訪いを告げると、

「これはこれは――」

主の末造と思われる四十歳を過ぎた大男が奥から姿を見せた。渋味のある男前であった。物腰は柔らかだが、高価な大島紬をりゅうと着こなせる筋骨は逞しく、その目の鋭さは尋常ではなかった。

末造は信二郎の与力ならではの独特の髷をちらと見て、

「このようなむさくるしいところに、わざわざ与力様にお出ましいただけるとは――」

両手を結んだ羽織の紐の上に合わせた。

「お内儀紅恵に報せたいことがあって参った」

「それはそれはご丁寧に。ただ今、紅恵は別のところで働いております。てまえに伺わせてくださいませ」

末造は言葉こそ丁寧であったが、有無を言わせぬ強引さだった。ただし、鋭い目が思い詰めた目に変わっている。

――これほど気がかりだとは――、もしや五年前、好きあっていた末造と紅恵が片口を

信二郎は相手の強引さを受け容れてみることにした。

「実は――」

信二郎は片口清四郎の骸が見つかった事実と、朽ちずに遺されていた骸から殺しと断じられ、手控帖に書かれていた名から当時新造だった紅恵に行き着いたことを話した。

聞いていた末造はやや青めだった顔をみるみる紅潮させた。思い詰めた目は歓びの色に満ちている。

「片口清四郎、あの片口――、片口、片口、片口が死んだ」

ぶつぶつと呟いていた末造は、

「何よりのよい報せです。ありがとうございます」

知らずと頭を下げていた。

――これほど喜ぶとはやはり――

疑心を抱いた信二郎は、

「この報せ、直にお内儀に伝えたい」

今度はこちらが一歩も引かない覚悟で相手に迫った。

「紅恵ならすぐそこの東仲町におります。口入屋紅屋の主は紅恵なのです。是非とも、立ち寄っていただき、どうか与力様から伝えてやってください」

末造は屈託のない笑いを浮かべた。

――この夫婦が自分たちの恋路のために邪魔な片口を殺していたのだとしたら、これほど喜ぶものだろうか？　それとも夫婦して、隠した骸が見つかった時のために、五年もの間ずっと示し合わせていた芝居なのか？――

信二郎は不可解さに頭を悩ませながら、口入屋紅屋のある方角へと歩き出した。

紅屋の土間は適職を得たい沢山の人たちで溢れていた。職を希望する者たち一人一人と熱心に話をしている大年増が紅恵と想われた。

その大年増はひときわ肌が抜けるように白いせいか、化粧映えし、紅恵と思ってみなければ二十歳代半ばに見える。地味な普段着である藍色の結城紬さえ格別なもののようで、つぶし島田に結った髪は艶やかに輝いている。ぱっと大輪の花でも咲いたかのように華やかだった。

「女将さん、紅恵さん、聞きしに勝るいい眺めだねえ。いい女だ、いったい幾つなのかい？」

待っている男の客たちの若い一人がため息をついた。

「もう四十歳に近いんじゃないのかい？　まあ、元は吉原の紅山だからな」

三十歳を少し出た男が応えると、

「ここがいいのは女将だけじゃねえ。口入料がほかの店の半分。その分、向こう様に載せてはいねえ証に、ここにくりゃあ、割りのいい仕事が見つかるって、みんな言ってる。何でも向こう様にも割り引いてるんだろうってさ。見ろ、あんなによーく話を聞いてくれてる。吉原の出なんて噂したら罰が当たる、あの女将さんは菩薩様だし、この店は世のため人のためにあるんだよ」

紅恵に向けて両手を合わす、やや年配の男も居た。

信二郎は根気よく、客たちが途切れるのを待った。

「最後の方」

紅恵のよく通る声で板敷の上に招かれた。

向かい合った紅恵は、

「身分あるお武家様が何のご用でございましょうか」

遠くからでもきらきらと見えていた笑顔を消した。

信二郎は名乗った後、

「実は――」

末造に話したのと同様に片口清四郎の死を告げた。

「まあ」

紅恵の顔に笑みが広がりかけた。

「あの男が死んだ、死んだ、死んだんですね、本当なんですね」

何度も念を押す相手に、

「殺されたという言葉は耳に入らなかったのか？　おまえの元亭主だった男だ。ついてはくわしい話が訊きたい」

信二郎はわざと冷ややかに言った。

「わかりました」

近くにいる手代や小僧の手前が初めて気になった様子で、

「それでは奥へどうぞ」

何とか、こみ上げてくる笑いを噛み殺した紅恵は信二郎を暖簾の向こうに招き入れた。

「いいのよ、もうここはあたし一人で」

奉公人を遠ざけ、長火鉢にかけた薬罐から湯を注ぎ、紅恵が手ずから茶を淹れた。宇治茶でこそなかったが、上等の煎茶であった。

四

「あたし、お茶がこんなに美味しいなんて江戸に売られて来るまで知らなかったんです。生まれ育ったところでは水しか飲んでませんでしたから」

紅恵は水呑百姓の子沢山の家に生まれついた話から切り出した。

「おっかさんが泣いてたので、女衒に売られて故郷を離れた時はそれなりに悲しかったですよ。でも、江戸の吉原に着いてからは、食うや食わずだった故郷の暮らしがなつかしいとは思わなくなりました。鰻やお刺身等の贅沢な菜やお饅頭にお茶の類いだけではなく、カステーラなんていう夢みたいに美味しい南蛮菓子を知ったからです。吉原では買った子どもはお宝のように育てるんです。末はお大尽の客たちから大金を引き出せる花魁になってくれるのなら、どんなに元手をかけても惜しくはありませんからね。それであたしはいつしか、すっかり贅沢にそして我が儘になっていました。そんな時です、今、あなた様から死んだと報された片口清四郎が通ってきたのは——。ほとんど毎日、上がってくれました。そしてとうとう花魁道中を終えた後、わたしは身請けされて片口と夫婦になったんです」

そこで一度言葉を切った紅恵は、

「この頃はもう子どもではなくなっていたので、贅沢三昧が出来たところで遊女のなれの果てはわかっていました。病を得ていずれ目鼻まで爛れて崩れ、さんざんな痛みに耐えながら死んで行く女郎もいるのです。ですので願いは身請けされて堅気として暮らすことでした」

この時の心境を語った。

「身請けなら何も三十俵二人扶持の同心でなくともよかったのでは？　おまえほどの器量なら、願い出る金持ちは大勢いたであろうが」

「その頃の片口はとても優しかったのです。忘れていた故郷からお金の無心が来るとそれも肩代わりしてくれるほどでした」

――優しさとはな――。わたしはこの女に躱されたのかもしれぬ。片口が強請やたかりの悪事を働いていたとして、この女が片棒を担いでいないとも限らない――

「花魁の身請けは大店の主か、大名と相場が決まっている。ただの同心にそこまでの金子が用意できるはずはない。おかしいとは思わなかったのか？」

信二郎は鋭く突いた。

「その時は生家は裕福な商家だと言っていました。嫡男に生まれついたものの、巻羽織に憧れて同心株を親に買って貰い、跡は弟に譲ったのだと――。その弟も早死してしまったので、両親から身代を任されているとのことでした。三代続く同心だとわかったのは吉原を出て、八丁堀の役宅についてしばらくして、仏壇を掃除していた時のことでした。あたしは役宅に連れて来られてから一月ほどたった一人で暮らしました。待てど暮らせど片口は帰ってこなかったんです。ある日帰ってきた片口はがらりと人が変わっていました。昼間だというのに〝すぐに床を延べろ〟と命じ、あたしは片口ではない見も知らない男に抱かれました。ご立派な印籠が目に入りましたので身分の高いお方のようでした」

「片口はおまえをそのような目に――」

想像していなかった展開だったので、信二郎は狼狽気味になった。

「その時、片口はこう言いました。〝おまえは高い買い物だったが、これから何年か役に立つと思えば安いものだった。色に目がない金持ち連中といえども結構吝なものだ。遊郭は格式が高くて花魁と寝るまでに金がかかりすぎる。だが、一度と限って、とびきりの元花魁を抱いてみたい、好き放題に玩具にしたい、それに出す金は惜しくないという奴がうじゃうじゃいる。おまえでこれからがっぽり稼がせてもらうからな〟と。それからの日々は吉原にいる時とは比べようもないほどの地獄でした。やっと人並みの幸せを摑めたと思っていただけに、裏切られた辛さはひとしおでした」

「なぜ、逃げようとしなかったのだ？」

信二郎は胸の辺りが詰まったかのように感じた。

「逃げられなかったんです」

「しかし、八丁堀は吉原ではないぞ」

追及しつつも、信二郎はすでにこの紅恵が片口の悪事を手伝っていたと疑ってはいなかった。

「片口が怖かったからです」

紅恵は立ち上がると、信二郎に背を見せ、帯を緩めてするりと着物を滑らした。

――酷い――

背中一面に小刀でつけられたと思われる、古いが深い刀傷で文字が刻まれていた。〝この女玩具につき使い勝手自在〟と読めた。

「逃げたら今度は、〝成敗自由〟と傷つけると脅されました。吉原でも足抜けする遊女は捕まるとほかの者への見せしめもあって、土蔵に閉じ込められたり、天井から吊されて棒で打たれたりします。けれどもこんなに酷いことまでは――。それでも、吉原で折檻を見慣れていただけに、余計片口が怖かったんです」

――たしかに。〝成敗自由〟とは殺してもかまわないという意味だろうから――

信二郎の感じていた胸の詰まりが痛み始めた。

一方、淡々と話した紅恵は諸肌を着物で隠して、再び信二郎と向かい合った。

「片口に殺されると思ったことは？」

「ございます」

「だとしたら、先手を打って殺そうと思ったことは？」

信二郎の胸はさらに痛んだ。

「正直思ったことはありました。でも、察した片口は、『俺にもしものことがあったら、おまえだけではなく、故郷の親兄弟を皆殺しにするよう手下に言いつけてある』と脅してきました。姿を見せない手下までいて、あたしや故郷の家を見張っているなんて――。吉原と八丁堀の家、そして故郷しか世間を知らないあたしは恐ろしくて、恐ろしさが募るばかりで、もう何も考えないようになりました」

「今の亭主香具師の元締めの末造と知り合ったのは？」

「片口が客として連れてきたんです。無宿人だが役に立つ男だから、丁重におもてなしするようにと命じられました。その頃市中の香具師の元締めは年齢がきていて、末造は次の元締めに指名されたところでした。あたしはどうせこの男も片口の仲間だと思い込んでいましたが、何と違ったんです。退こうと決意していた老いた元締めから、『これからは香具師といえども後ろ指をさされないよう、御定法を犯したり、非道なことをしないよう、皆を導くように』と言い渡されていたんです。『それには我ら香具師の弱味につけ込む連中を、それが奉行所役人であっても、糺していってくれ』とのことだったんです。その話を末造から聞かされたあたしは不思議な胸の疼きをおぼえました。今までにない光を見たような気がしました。この世には正真正銘の希望があるのだとも思ったのです」

――これで益々、片口殺しは末造、紅恵夫婦の仕業と見做されるだろう――

その実、信二郎はこの夫婦が片口を殺して隠したとは思い難くなっていた。

「おまえが末造の心ばえに打たれたのはよくわかった。しかし、片口が神隠しに遭って一年足らずで夫婦になってしまったのはそればかりではあるまい」

信二郎は我ながら下卑た物言いだとは思ったが、この言葉以外適した問い掛けは見つからなかった。

「さっき、あたしの背中を見たでしょう？　何人もの男たちがあれを見て、あたしを好き放題に玩具にしていきました。けれど、末造だけはあれを見て泣いてくれたんです。そして、『おまえの心の傷はこの背中の傷にも増して大きく深いのだろうな、俺は生涯をかけておまえの傷を癒したい』と言ってくれました。あたしたちが男と女として結ばれたのはささやかな祝言を挙げた後のことです」

――何というつながりの深さなのだろう――

信二郎は感動さえ覚えたが、

「末造はおまえの背中の〝この女玩具につき〟に拘らなかったのか？」

ふと気になった。

――自分ならやはり気にするだろうな――

「文字なんかどうでもいい。刀傷のある肌もおまえだ。おまえの全てが愛おしい、と」

――まいった、これ以上の惚気はない――

「あたし今とても幸せです」

紅恵は言い切って微笑んだ。

「片口がいなくなった時からずっと、いつ、ひょっこりどこかから戻ってくるのではないかと気が気ではありませんでした。悪い仲間とつるんで悪の網を張っていて、一筋縄では行かないのが片口のやり方なのでずっと不安でした。うちの人が片口を殺す夢だって見るほど——。ですから、死んでいることがわかって、もう永遠にいないんだと思うとこれほどの安堵（あんど）はありません」

最後に信二郎は、

「夢に見た通りに、末造がおまえに秘して片口を殺していたとは思わぬのか？」

訊かずにはいられなかったが、

「思いません。今にして思えば、夢に見たのは死んでいて欲しいという、あたしの願いゆえだったのだと思います。『悪をもって悪を制してはならない』というのが、うちの人が先代の元締めから受け継いだ戒（いまし）めでしたし」

紅恵は微笑み続けた。

五

香具師の元締め末造と元花魁の紅恵夫婦が二人してか、あるいはどちらかが片口清四郎を殺した疑いは充分ある。

——しまった。片口が奉行所に出てこなくなった日、二人がどこで何をしていたか、訊きそびれてしまった。とはいえ、訊き糺せば、紅恵は役宅に居たと言うだろうし、末造は香具師の仕切りで前の元締めの手足となって働いていたと言うだろう。こんなことでは下手人ではないという証にはならない——。自分でなければ、あの頼りない同心の淵野でも、この夫婦をお縄にして厳しく問い糺すことになるだろう。だが、どうしても自分には二人が下手人だとは思えない——

信二郎はふうと重いため息をついた。

——かくなる上はもう、あの方にすがるしかないな——

役宅に戻った信二郎はゆめ姫に向けてこの一件を伝える文をしたためた。ちなみにこの信二郎も母の亀乃や兄の総一郎（そういちろう）同様、姫の身分は知らされていない。わかっているのは人の罪をも暴くことのできるゆめ姫の夢力だけで、父方忠が亡き恩人から頼まれて預かった、少々世事に疎（うと）い箱入りの武家娘だと信じていた。

信二郎は最後の一文を次のように締め括（くく）った。

紅恵の話を役人の耳で訊くとたしかに片口清四郎殺しは、この夫婦の仕業か、どちらかの凶行ということになります。おそらく捕らえて責め詮議（せんぎ）にかければ、互いに自分一人でやったといい張り、相手を庇（かば）うはずです。これだけは確信しています。そしてこんな確信を持てたことなどそれがしは一度もないのです。それほど深く強く相手を想いやっているのです。それゆえ、それがしは二人をお縄にすることができません。どうしたものかと思い悩んでおります。ゆめ殿は五年前の骸が、氷室代わりの洞窟で見つかった夢を見てはいませんか？　その骸が殺される有り様とか、下手人の人相とかを見ているのでは？　そうでなければこの文を読まれて、下手人の夢を見てくださるのではないかと期待せずにはいられません。

信二郎

ゆめ殿

翌朝になって届けられたこれを、ゆめ姫は藤尾に見せた。

「あら、まあ、こんな不気味な骸が見つかったのですね」

「藤尾は知らなかったの？」

「ええ、全然。瓦版（かわらばん）にも載ってませんでしたから。姫様こそ、信二郎様に先んじてこれを夢にご覧にならなかったのですか？」

「骸はおろか、末造さん、紅恵さん御夫婦の夢だって見ていません」

「それ、姫様らしくございません」

「そうなのですけれど、見ていないものは仕方がないでしょう」

この時、藤尾は〝それではどのような夢をご覧になっているのですか〟と訊きそうになって、あわてて、その言葉を呑み込んだ。

――わたくしが死んだようにぐっすり眠って起きた昨日から、何が理由かはわからないけれどゆめ姫様は落ち着かないご様子。浮き浮きしているようにもお見受けする。きっとどんなにか楽しい夢をご覧になったのね。それならそれで結構なことだわ。そもそも無念を訴える浮遊霊や怨念(おんねん)に取り憑(つ)かれた悪霊、人が殺害される場面なんて、姫様にふさわしいとは思えないもの――。ふさわしいのは極楽で蓮(はす)の花に囲まれているような美しい夢だわ――

藤尾の想いとは裏腹にゆめ姫が見たのは、一昨夜の、夢ではなかった事実であった。あの魅惑的な声の持ち主である黒装束の男、縁先の庭に広がっていた殺戮(さつりく)の跡、突き破られた障子とその音、黒装束と黒装束との死闘、そして最後は耳元で囁(ささや)かれた、すがりついて泣きたくなるほどの温かで優しい、やはり魅惑的な声――全てが寸分違わず、昨夜夢に見ていたのだった。

――あのお方にもう一度会いたい、会ってお礼を言いたい――

そう念じるがゆえにその夢を見たのだとは、ゆめ姫はまだ気がついていなかった。

「それにしても市中の人たちはろくろ首とかの見世物小屋が大好きだというのに、この不気味な骸のことが瓦版屋に洩(も)れていないのは妙ですね。骸の主がお上から十手を預かる同心だったせいかもしれません。同心が殺されてしまうなんて、だらしない不祥事ですよね？　それで信二郎様は何とか下手人を捕らえようとなさってるのでしょうけれど、殺していてもおかしくない、末造、紅恵夫婦をお縄にするのを躊躇(ためら)っておられる。わかりますね、わたくしには。末造、紅恵夫婦ってね、見かけはあの通り素敵だし、儲(もう)けよりも人助けっていう商いのやり方で、役者並みに人気があるんですもの。うちのおとっつぁんも末造さんのこと、『あの男が香具師の元締めになってからというもの、香具師同士や香具師絡みの利権争いとかもなくなり、お内儀さんがやってる安くて親切な口入屋も繁盛してて、みんな助けられてる、たいしたものだ』って感心してるんですから。ここまで話したんですよ、是非、姫様、今夜、末造さん、紅恵さんに罪はないっていう証の夢をご覧になってください」

夢は藤尾に促されて見ることができるものではなく、この夜もあの男の声がゆめ姫には心地よかった。

朝起きて、

「いかがでしたか？」

藤尾に訊かれると姫は首を横にはっきり振って、

「このままにしておいてはいけないので文を書きます」

期待に添えない後ろめたさを感じながら筆を取った。

お申し越しの件、洞窟の骸だけではなく、末造さん、紅恵さんのお姿さえも夢で見ることができません。

わたくしの夢力は衰えたのかもしれません。あるいは母からの授かりものとはいえ、そもそもが幼き頃、突然降って湧いた力でしたので、神様がおとりあげになったのかも——。お役目を果たせず、お力になれず大変申し訳なく思っております。

ゆめ

信二郎様

自分で書いた文面を眺めているうちに次第にゆめ姫は憂鬱になってきた。

——わらわはわくわくする時を過ごしている——

眠る前の気持ちの昂ぶりにも罪の意識を感じた。

——あの夢が続いたのはきっと、わらわがあの方に会ってお礼を言いたいと思いながらお会いできていないからだわ。そうだわ、探して会ってしまいましょう。そうすればせっかくいただいたお役目を果たせる、元のわらわに戻れるような気がする——

そう思いついた姫は会えばさらに想いが深まり、悩ましくなるだろうとは思わなかった。

そんなゆめ姫は藤尾にこう訊いた。

「この市中で大食、大酒飲みを競う催しのことはそなたから聞いています。いい声を競う催しはないものかしら？」

「鶉や鶯の鳴き合わせなら、お好きな方々が会を作ってなさっておいでですよ。集まるのはたいてい、暮らしにゆとりのある大店の御隠居さん方ですので、料亭から取り寄せる美味しい昼餉なども出て、それはそれは優雅なもののようです。下々の大食、大酒飲みの類いのご高覧は無理ですが、鳴き合わせなら浦路様に伺って後、集まるのがどんな方々なのか調べをしてからなら、姫様をお連れできるかもしれません」

藤尾はゆめ姫の歓声を期待したが、

「鳥ではなく人のいい声ですよ」

返ってきたのは困惑気味の応えだった。

「喉の競いということですね」

「ええ」

「それなら銭湯でしょうけど」

言い切った藤尾の声が落ち込んだ。

「やはりあったのですね。銭湯は〝ゆ〟と書かれているところでしょう？　どんな風に喉の競いが行われるのです？」

「喉の競いは湯浄瑠璃（喉自慢）と言われています。銭湯の石榴口は狭いのでたいそう音の響きがよろしいのです。勝ち負けはないので、声がよくて節回しの上手い人もそうでない人も、気軽に歌い、ほかの人たちは湯に浸かりながらのんびりとその歌を聴いているんですよ。まあ、裸と裸のつきあいですから――」

藤尾は淡々と説明した。ちなみに石榴口とは洗い場から湯ぶねへの出入り口のことである。

「まあ、楽しそう。是非とも聴いてみたいのだけれど、そうも行かないでしょうね」

姫は気落ちして肩を落とした。

「よほどいい声に拘っていらっしゃるんですね。わかった、お相手は殿方ですね。慶斉様や信二郎様を差し置いて、いい声の持ち主の夢をご覧になるのでは？　ゆめ姫様は夢でしか会えない、いい声をした、そのお相手がこの市中のどこかにおいでになるとお考えなのでは？」

藤尾の指摘に、

「実はそうなのです」

姫は命が危うかった夜のことは告げずに、大きく頷いた。

「もちろん、お若い方ですよね」

「ええ」

知らずとゆめ姫は俯(うつむ)いていた。あの身のこなし、強さが年配であるわけもない。

「どんなことがきっかけで出会われる夢なのですか？」

「それは——」

姫はあの恐ろしい襲撃を夢として伝えた。

「まあ——、悪夢の極みではありませんか」

藤尾は一瞬絶句しかけたが、

「ああ、でも、殿方の力で命が助けられるなんて、女冥利(みょうり)につきますね。夢とはいえ羨ましい限りでございます」

ふうと感激のため息をついた。そして思い出したように訊いてきた。

「ところでご身分は？」

「まあ、楽な形をしていたので」

まさか黒装束の忍者だったとは言えない。

「でしたら町人でしょう。ならば大丈夫、この藤尾が何とか、草の根を分けてもそのお方を探してまいります。とてもよくわかります、夢で助けられた相手に一日会ってみたいというゆめ姫様のお気持ち、女心――」

「と言っても、お名もお住まいもわからないですよ」

「見目形は？」

「被り物をしていたのでわかりませんでした、でも声がとても素敵でした」

「まさか、その者、盗っ人ってことはないでしょうか？」

一瞬不安な目になった藤尾を、

「闇夜の夢なのでお顔がよく見えなかったような気もしてきたわ」

姫は苦しく躱した。

六

翌日、藤尾は市中にある湯屋の一つ河童湯へ出向くことになった。

「それでは姫様、行ってまいります。湯屋の二階は殿方たちの娯楽の場で、湯に入った後、そこで休息しながら茶を啜って、菓子を食べるなどして世間話に興じたり、碁や将棋などを楽しんでいます。人の世の常で湯屋ごとに仕切屋がいます。当然、そうした仕切屋が集まる会もあって、そんな会の頭ともなると、各々の湯屋についてもいろいろ知り尽くしているのですよ。各々で異なる湯の加減は言うに及ばず、何でも知っていて、とにかく湯屋の生き字引なのです。わたくしがこれから訪ねる河童湯にはその生き字引のお爺さんがいるのですよ。家にお風呂があるのはよほどのお金持ちで、わたくしの実家にもありませんから、たいてい皆、どこかの湯屋に行きます。見つからないはずはありません」

そう言い置いて出掛けて行った藤尾は帰り着くと、

「どうでした？　わかりましたか？」

吉報を待ち構えていたゆめ姫に、

「それがちょっと――」

申し訳なさそうに頭を垂れた。

「やはり、御存じなかったのですね」

――黒装束の忍者は湯屋に行かないのかもしれないし――

「何しろ、湯屋の生き字引ですからね、満更、知らないというわけではありませんでした」

「それ、どういうこと？」

「仕切屋も兼ねている、蛇笏湯という湯屋の主から聞いた話はしてくれました。蛇笏湯に三日に一度ぐらい、通ってきている職人風の若い男が居るそうです。眉が凜々しい男ぶりもよいのですが、それにも増していいのは声だったそうです。その男が湯の中で端唄の一節を歌うと誰もが聴き惚れたとか──。女湯まで歌声が届いて、女客がどっと増え、中には男湯の脱衣処が見えるよう覗き窓を作ってくれなんていう、のぞき女まで出てきて痛し痒しだったそうですよ」

──きっとその方よ、まちがいないわ──

「そのお方の名前は？」

「五吉と名乗っていたそうです。仕事は鳶も兼ねる大工、住んでいたのは丁助長屋」

「それなら、今からすぐに──」

ゆめ姫は立ち上がって身支度を始めそうになった。

「でも、もう、五吉さんとやらは蛇笏湯にも通って来ていないし、丁助長屋にも住んではいないそうです」

「何か、事情でも？」

姫はがっくりと気を落とした。

「これは河童湯の仕切頭から聞いた話です。蛇笏湯の主には評判の小町娘だったお嬢さんがいて、熱を出した母親のために夜道を医者のところへ薬を取りに行っての帰り、むさくるしい浪人者に取り囲まれたのだそうです。そこを通りかかった五吉さんが助けて、蛇笏湯まで送り届けました。もともと五吉さんに憧れていたお嬢さんはすっかりのぼせてしまって、あの男とわたしは赤い糸で結ばれていたんだ、だから是非とも、添い遂げたいなんて言い出したのだとか。蛇笏湯のご主人としても感謝感激雨あられで、是非是非、娘の婿ったのだとか——」
にと丁助長屋に日参したのだそうですが、ある日、五吉さんは煙のように姿を消してしま
「住むところを変えたとしても、湯屋というところには行くのではないかしら？　ほかの
湯屋に通っているのでは？」
「それが丁助長屋からいなくなってから、ぷっつりなんだそうです。誰も五吉さんに会っ
た人はいないのです。生きているのか、死んでいるのか——」
——生きているのよ——
ゆめ姫は心の中で叫んだ。
「わらわは会いましたよ」
「それは姫様の夢の中でございましょう？　その時の姫様は、蛇笏湯のお嬢さんになって
いたのかもしれませんね。ああ、それからそのお嬢さんは五吉さんの強さにも惹かれたみ
たいですよ。河童湯の仕切頭から聞いた話の締めは、『なんでも、近くに落ちていた木の
枝を咄嗟に拾って刀代わりにして、相手の刀が次々に振り下ろされるというのに、五人も
の相手の目を突いて参らせたっていうんだからな。その上、娘を送り届けてきた時、娘だ
けではなしに自分の身体も傷一つなかったたって、蛇笏湯さんは言ってた。思うにそいつの
腕は並みの器量ではない、鳶を兼ねる大工というのも仮の姿だろう。お嬢さんも、五吉が
どっかに行ってしまってしばらくは、生きるの死ぬのと大騒ぎしていたそうだが、今じゃ
婿を取って子もいる立派なおっかさんだ。五吉とやらは人並みの暮らしなぞ、生まれつき

諦めちまってる奴だったもんだから、潔く身を引いたんだと思うぜ。旅の空の下、殺し合いの末、もう生きてはいねえかもしれねえ』とも」

「あり得ることですね」

――ここは調子を合わせておかないと――

「ああ、でもやはり、その方が住んでいたという丁助長屋は見ておきたいわ」

姫の言葉に、

「ありますね、女にはそういうやるせない気持ち。それに今、ゆめ姫様は蛇笏湯の娘が助けられた時の想いが宿っているのかもしれませんし――。わかりました、明日、お連れいたします」

藤尾は大きく頷いた。

こうして、さらにこの翌日、二人は米沢町の丁助長屋へと向かうべく、身仕舞いを始めた。

「おや、姫様、浦路様が市井に出る時はせめて大店のお嬢様に見えるようにと調え、お届けくださった、友禅の着物はお召しにならないのですか?」

「浦路のせっかくの心遣いだけれど、友禅の着物の柄は四季の花とか、蝶、手鞠なんかでしょう? 布地も絹で大奥で着ているものと同じでつまらない。わらわは紺無地のめくら縞を着て出掛けてみたかったのよ、憧れだったの」

姫は手慣れた様子で着替えを始めた。

めくら縞とは縦横とも紺染めの綿糸で織られている無地の綿織物である。普段着として着るよ
「ええ、でもそれは、池本の奥方様が手ずから縫われたものながら、普段着として着るようにとおっしゃったものでは？」

「市中を歩くのに気取った格好は何というか――」

「まあ、江戸の女は粋勝負ですから、野暮臭くはありますね」

ずばりと言い切った藤尾は、

「ではわたくしもめくら縞にいたします」

部屋へと戻って着替えると、

「さあ、参りましょう」

こればかりは、普段着だと念を押した亀乃が揃えてくれなかった下駄二足を三和土の上に並べると、

「下駄に足袋ははきません」

自身はすでに素足でゆめ姫にも足袋を脱ぐよう促した。

米沢町へと歩き出すと、

「こうして揃いを着ているとわらわたち、姉妹に見えるのかしら？」

姫の言葉に、

「見えませんよ。わたくしとゆめ姫様とでは月とすっぽんですもの。まあ、どこかの店の奉公人二人が暇を貰って、市中をぶらついているようには見えるかもしれません。浦路様

が知られたら胆を潰してお倒れになるかも――」

くすくすと笑った。

途中、普請場で一休みしている大工たちの前を通ると、

「よおよおよお」

年嵩の一人がにやついた顔で話しかけてきた。

「姉ちゃんたち、ちょっと。一人はやけに別嬪だ」

すると藤尾は、

「姫様、そっちを見ないで、急いで」

すたすたとさりげなく歩を早めて、

「これはこの着物のせいですよ。男というものは手の届かない花は見て見ないふりをするもので、手近な花となるとすぐに手折ろうとするのです。今、浦路様のお気持ちがわかりました。姫様はやはり友禅をお召しになられて市中をお歩きになるべきです」

早口で諭した。

「そうかもしれませんね」

方便の相づちは打ったものの、

――なるほどとは思うけれど、以前に夢で見たことのある長屋というものは粗末なところで、友禅は不似合いだと思うけれど――。人は親しみを感じない相手には話をしてはくれないのでは？――

ゆめ姫はどうしても五吉と名乗っていたあの方が住んでいた所を見たかった。

――あの方は生きておられるのだから、住んでおられた所に立てば、白昼夢が訪れてくれて、今のお住まいがわかるかもしれない――

二人はやっと丁助長屋の前に立った。木戸門を抜けたとたん、姫の視界が閉ざされた。

――ああ、待望の白昼夢だわ――

ただし、場所は長屋ではなかった。結構な広さで上等な桐簞笥や輪島塗り文箱、紫檀の文机等、調度品も贅沢なものであった。締めきられてはいるが、障子を開ければ庭が見渡せるだろう。

布団が延べられて子どもが病に臥せっていて、長火鉢だけではなく、丸い火鉢が二鉢並んで火が熾きている。

――廊下側の障子に葉のついた枝の影が映ってる。部屋はたしかに広めだけど、この時季、これでは、ちょっと暑すぎるのではないかしら？　大奥だってこれほどではないし――
十一、二歳のやや大人びた顔立ちの女の子だったが、白い顔にはぽつぽつと薄赤い斑点が散っている。
〝おゆいさん〟

その子に呼ばれて、中年増の女が枕元に座った。医者の着る十徳に似た白い上っ張りを着て、洗い髪を後ろで一束に結わえている。肉付きさえもう少しよければ年齢より若く見える童顔だったが、如何せん、痩せこけていた。

〝わたしさえ、疱瘡に罹ってなきゃ、お小夜ちゃんの疱瘡、代わってあげたいくらいよ〟

おゆいと呼ばれたその女の顔にはぽつぽつと疱瘡の痕が残っていた。

〝さあ、少し、中の気を入れ換えましょうか〟

立ち上がったおゆいが障子を開けかけると、

〝看病人の分際でお小夜に勝手な真似はしないでっ〟

廊下側の障子を開けて入ってきた、おゆいとほぼ同年齢の女が金切り声を上げた。

七

〝でも、奥様、お嬢様の病には部屋の中を温めすぎて、気を澱ませるのはよろしくないのです。澄んだ気こそ、身体が病と闘う力を養うとされています。それにもう今日あたり、もうすっかり外は春めいています。それから、強すぎる南蛮渡来のお薬もいかがなものかと――〟

おゆいは怯まなかった。

〝お黙り、お黙り。当家は代々、大名家の奥医師でもある法眼の先生に診ていただいているのですよ、看病人だって、先生にお願いした女たちをお小夜が気に入らず、仕方なく、桂庵が医術の心得が幾分かあるからと強く薦めるのを雇ったのが間違いだったのよ〟

桂庵とは、桂庵という医者が療養する患者の世話を任される女たちの斡旋を通じて各家々の事情に通じることとなり、縁談を取り持つ仲人役をも請け負っていたことに由来する主に女性のための口入屋である。

〝おまえには、今、ここで辞めてもらいます〟

女の子の母親と思われる女は高飛車に言い放った。

〝けれど、このままではお小夜ちゃんが大変なことになります〟

おゆいは必死に食い下がった。

〝大変なこと？　どうして？　お小夜の熱は下がってきているし、瘡だって白っぽく、真っ赤ではない。真っ赤に膿むとあばたになりやすいでしょう？　特に顔がそれほどでないのは本当によかったわ。女の子は顔が命。お小夜のせっかくの器量が台無しにならずに済みましたからね。全ては先生の高いけれど、効き目のいいお薬のおかげです。後は部屋を温かくして風邪など引かせぬよう、ゆっくりと養生させるようにとのことでした。もうおまえの世話は要りません〟

〝でも、お小夜ちゃんは食が進んでいません。案じられます〟

〝それは熱が下がってまだ間もないからよ。そもそもお小夜は生まれつき食が細いんです。もう、おまえのお説教は沢山。今日までの給金をあげるから、さっさと出て行っておくれっ〟

眉も目も吊り上げた相手は塩でも撒きかねない形相であった。

――何で疱瘡を病む子と母親、世話をする女、の夢なのかしら？　でも、その子のことは心配だわ、たしか疱瘡は瘡の有り様が勝負だって、浦路から聞いたことがあるわ。出来た瘡が真っ赤に膿まず、白いままで食が進まないのはよくないのでは？　それは疱瘡が裡(うち)に籠(こ)もってる証で、命を司(つかさど)っている五臓六腑(ごぞうろっぷ)が危うくなるのだと。それで浦路はやたら疱瘡の特効薬を薦めてくる医者を嫌っていたわね――

疑問に思っていると白昼夢は次なる展開を見せてくれた。

長屋の奥に菜の花が咲いている。住まいと思われるそこの板敷の上におゆいが座っていた。布団と座布団がきちんと畳まれていて、土間も片付けられ、水汲(みずく)み用の瓶(かめ)は伏せられている。

おゆいは放心したかのような空(うつ)ろな目をしているものの、ここでもきちんと十徳に似た上っ張りを着けている。

白い紙を折って拵えられ、〝お小夜ちゃん〟と書かれた位牌(いはい)に似たものが、蜜柑箱(みかんばこ)の上に菜の花と共に飾られている。

〝お小夜ちゃん、ご免なさい〟

おゆいの目から涙が流れた。

〝あの薬、何としても止(や)めさせられれば、あばたは残っても、命は助けられたかもしれないのに――ほんとにご免なさい。だからあたし――〟

おゆいは立ち上がり、よろめく足取りで土間に下りた。

この時、白昼夢から覚めたゆめ姫は丁助長屋の中ほどで立ち尽くしていた。偶然、開けっ放しになったままの長屋の中が見えた。

——夢に見えていたのと間取りが同じだわ——

菜の花の黄色が風に揺れて三間（約五・四メートル）ほど先に見えている。

「大変っ」

姫は猛然と走り出した。

「お待ちください」

藤尾も後を追った。

ゆめ姫がその家の油障子を開けたのと、用意してあったと思われる、よく研がれた出刃包丁をおゆいが首に当てたのとはほとんど同時であった。

「早まらないで」

姫は叫んだ。

「死なせてください、後生ですから」

出刃包丁を放そうとしないおゆいと藤尾が揉み合い、おゆいの手から出刃包丁を奪うと、

「うわーっ」

相手は泣き伏し、

「死なせて、死なせて」

狂ったようにごんごんと固めた拳を板敷に打ちつけた。

おゆいが落ち着くのを二人が待っていると、

「おゆいちゃん、入るわよ」

油障子が開けられておゆいとは顔立ちこそ似ている大年増ながら、羽織と対の結城紬がよく似合う女が立っていた。

「まあ」

女は中の様子を察したかのように、みるみる顔色を青ざめさせて、

「妹おゆいをお助けいただきありがとうございました。わたしは姉の弥江と申します。わたしも妹も医家長部家に生まれ、わたしが婿を取って夫孝庵が医業を継いでおります。独り身の妹は看病人をしておりますが、とにかく骨身を惜しまぬ働き者で、先様にお褒めをいただくことも多々あるのですが、患者さんが亡くなると大変落胆するので、案じて訪ねてまいりました」

ややか細い声で告げた。

「前にもこういうことがあったのでしょう？」

ゆめ姫の問いに相手は黙って頷いた。

「天寿で旅立ったお年寄りが亡くなられた時にもありましたか？」

「いいえ」

お弥江は首を横に振って、

「わたしの知る限りでは幼子か、十六歳前の若い人が亡くなった時です。三ヶ月ほど前、馬に蹴られた男の子に付いて、甲斐無く旅立ってしまった後、うちの裏庭で首を括ろうと

しました。見つけた母はよほど応えたのか、それ以来寝込んでしまっています」

　辛そうに語った。

「死のうとする癖があるということですね」

　藤尾が口を挟むと、

「癖ではありません。妹は真剣に死のうとするのですから」

　お弥江はきっぱりと訂正して、

「さあ、おゆい、これを」

　用意してきた水薬を巾着袋より出して、やっと興奮が収まって泣き止んだ妹に飲ませると、

「もう、大丈夫だから少し横になりなさい」

　おゆいに微笑みかけ、慣れた様子で床を延べ、二人には座布団を勧めた。

　やがておゆいが布団の上で寝入ってしまうと、お弥江は夜着をかけてやり、

「たしかに患者さんが亡くなるのを見届けなければならない医者や看病人の仕事は、命が消えて行くのを目の当たりに見るわけですから、辛いものがあります。とはいえ、経験と共にこれも天命と諦めさせてくれるのも、この仕事ならではなのです。有り体にいえばたいていの者が死に、慣れます。ところが妹は年若い人たちの死については慣れるということがないのです。てきぱきしていて、かなりの医術に通じて医者の代わりも務まる妹なので、この仕事が不向きというわけではありません。でも、これ以上、同じようなことが起

こるのなら、看病人はやらせず、薬草の世話でもさせるほかないと旦那様と話しています。妹にもしものことがありますと、寝ついている母はひとたまりもないでしょうし――」

　切々とおゆいへの想いを語った。

　この時、瞬きしたその一瞬、姫の頭に一人の童女の姿が浮かんだ。子犬たちと戯れている。市松人形を想わせる髪型で、くりくりした可愛い目の持ち主で笑うと童顔にえくぼが際立った。幼き日のおゆいだった。

「幼い頃のおゆいさんはどんな風でしたか？」

　ゆめ姫は訊かずにはいられなかった。

「末っ子ですのでとにかく人気者でした。可愛い、可愛いと皆に頭を撫でられ、たっぷりお菓子や玩具を貰って育ちました。二人姉妹の長女で、いずれは婿を取るのだからと人一倍厳しく育てられたわたしは、そんな妹が羨ましくてなりませんでした。お日様のように明るい妹でした」

「犬を飼っていましたか？」

「ええ。犬相手でも世話は好きでした。誰もそばに寄らせない、獰猛な野良犬が家の庭に入ってきて唸り続けていた時、まだ小さい妹が歩いて近づき、手綱を着けたことさえありました。すっかり大人しくなったその犬は、しろと名付けられ、死ぬまで番犬として役立ってくれました」

「その犬が死んだ時の妹さんは？」

「悲しんではいましたが、〝今度生まれ変わってもうちにおいでね〟などと骸に話しかけ、葬った後は〝これから毎夜、夜の空を見ることにしたの、星になった、しろを見つけたら姉様にも教えてあげるね〟などと言っていました。妹は八歳ほどでした」

「お父様はご健在ですか？」

「いいえ、亡くなって十五年になります。長部の家は父の弟である叔父が継ぎましたが、その叔父も亡くなり、今はわたしの旦那様が何とかやっています」

「その時の妹さんのご様子は？」

「叔父は我が家の大黒柱でしたし、急なことでしたので、特にわたしと旦那様はもう、悲嘆に暮れつつてんてこ舞いで、母を励ますのがやっとでした。妹は報せても通夜、野辺送りにも来ませんでした。幼い頃から叔父に可愛がられていたのですから、きっと妹も悲しみに沈みきっていたはずです」

――何とかして、天真爛漫で朗らかだったおゆいさんが、今のように思い詰め過ぎるようになったのか、その時期と理由を知りたいのだけれど――

姫は焦れたが、それを探す言葉は見つからなかった。

第二話　ゆめ姫が醜女になる？

一

「ご立派なお家があるというのに、なにゆえおゆいさんはこのようなところにお住まいなのでしょう？　このようにご心配なさって足を運ばれるほどなら、住まいを別にするのを躊躇われるはずでは？」

藤尾はおゆいが家を出た理由を訊いた。

「難しい年頃になった妹は突然、持て余した気持ちをぶつけてくるようになりました。食べ物、着ているもの等、何かと言いがかりをつけて母やわたしに突っかかってくるのです。お皿や飾り物を投げつけることもありました。ああ、それでもまだ幼かったわたしの子どもたち、甥や姪には優しかったのですよ。でも、わたしや母への当たり散らしは増すばかりで、ある日、『この家に居たくない』と言い、『看病人の仕事は続けること、仕事の初めと終わり、文で仕事を知らせた時には必ず顔を見せるように』とこちらが決めて家を出るのを許しました。もう限界でした。始終怒鳴られているに等しい母がとてもまいっていたので、正直、ほっとはいたしました。しかし、今は看病人をする妹が正しいとはいえ、医術の知識や技を先様で言い張り、気分を害する言葉を言い募るのではないかという心配に変わりました。医者も看病人も患者さんあっての仕事ですから。それと幼子や若い人が亡くなって妹が極端に落ち込んで自死しかけること――」

そこで言葉を切ったお弥江はふうと疲弊気味のため息をついた。

――その心配、まさに、夢の中でおゆいさんが看病人についていた先で起こったことと、今少し前にここで起こりかけたことだわ――

ゆめ姫はため息をついた弾みに、表情まで疲れた様子のお弥江に挨拶(あいさつ)をして立ち上がった。

家に戻るとすぐにおゆいとの夢つながりを書いた文を信二郎まで届けた。最後の一行は以下である。

片口様と関(かか)わる名の人たちは、友吉、栄美、松恵、幹大と聞いていますので、残念ながら、心を病むおゆいさんとの出会いは、夢を通じて助けを呼ぶ叫びで、事件とは無縁ではないかと思います。

ゆめ

信二郎様

一方、信二郎はこの日、父池本方忠に呼ばれて屋敷を訪れていた。門から玄関へと続く庭は今、桜が満開の美しさであった。

「まあ、よくおいでになってくれました」

母亀乃が笑顔で迎えてくれた。

赤子の頃に連れ去られ、掠った相手を母親と信じて生きてきた過去が信二郎にはある。連れ去った偽りの母は、生きるために再婚して妹を産んだ。再婚先の秋月家は将軍家の御側用人である池本家とは比較にならない、町奉行所与力のところだった。連れ子の信二郎は居心地の悪さを感じ、早いうちから家を出て、戯作者兼噺家として生計を立てていたが、養父、義妹夫婦の死により秋月家の家督を継ぐ羽目となった。この後養母も亡くなり、自分はこの世にもう一人きりだと覚悟した時、ゆめ姫の夢がきっかけで、己の罪ゆえに成仏できずにいた育ての母の悔恨を聞くこととなり、信二郎は実の両親や実兄と再会を果たすことが叶った。何と生家はたいした御大家だったのだ。

父方忠は池本姓を名乗り、屋敷へ越してくるように勧めてくれて、これには亀乃も大喜びしてくれたのだが、信二郎は秋月姓のまま、奉行所勤めと戯作者兼噺家の二足の草鞋を履き続けてきていた。そんな自分を両親は水くさいと感じていることを信二郎は悟っているものの、これ以上距離を縮める勇気はなかった。

――それがしには生きていれば拐かしの罪人として裁かれるとはいえ、育ててくれた養母上との思い出がある。それは養父上や義妹に対しても同じだ。池本の両親や実兄上との血がどれほど濃かろうが、秋月家の家族たちとの縁をなおざりにはできない――

信二郎は見事に咲く桜の圧倒的な美麗さに、背中の烙印にも似た無残な傷をも見せた口入屋紅山の女主紅恵のことを思い出していた。

――それがしの苦労など紅恵と比べようもないのだが、それでもなかなか陽の目を見ない戯作を売ったり、血を吐く想いで何度も何度も習練を積んで、高座に上がるまでの苦労は並大抵のものではなかった。ああ、それに幼い頃から家族への遠慮があったな、義妹にせがまれれば何でも譲ったのは、いつからか染み付いて拭い去れない、引け目のようなものであったのかもしれない――

信二郎は紅恵の話に触発されて自身の苦労した過去を思い出していた。

「ちょうどよいところに来てくれました。できたてです。今日はあなたを殿が呼んだと聞いて、桜があまりに綺麗なこともあり、愛でる気持ちで、桜餅を長命寺まで買いに行かずに、わたくしが作ってみました」

亀乃は信二郎を客間に座らせると、大きな赤い塗り盆に十個ほどの自家製桜餅を載せて運んできた。

「わたくしの桜餅は粳米の粉ではなく、葛粉で作るのですよ」

亀乃は手ずから料理や菓子を作るのが好きである。

「でも、桜餅というからには元は粳米だったはずなので、その様子を損なわないよう工夫しているのです」

「どのような工夫です？」

「砂糖を混ぜて糊状にした葛粉を一度蒸してから粉をまぶして叩き、餡の玉を包み込んで塩漬けの桜の葉で巻くのです。殿も総一郎もたいそうこれが好きです」

「もちろん、それがしも大好物ですよ」

　手を伸ばして亀乃の桜餅を口にした信二郎は、

「桜餅は包み込んでいる塩漬けの桜の葉が命ですね。ほんのりとした塩気が、桜のよい香りにのっていて何とも言えません。この塩漬けの桜の葉も母上のお手製ですか？」

　亀乃に向けてすらすらと言葉が出た。

　あまり信二郎に母上と呼ばれていない亀乃は頬を紅潮させて、

「庭の桜を漬け込んでおいたものです。育ち過ぎると芯が固くなってしまうので、今年使った桜の塩漬けの葉は、去年の新緑の頃に摘み取って漬け込んだのですよ」

　うれしくてならない証に満面に笑みが広がった。

「モノを書くあなたなら、桜餅についての蘊蓄に満ちたお話を沢山、知っているはずでしょう。一つ、二つ聞かせてくださいな」

　亀乃は信二郎にも話させたがった。

「有名なのは長命寺桜餅で誹風柳多留に、〝下戸もまたありやと墨田の桜餅〟とか、〝長命とやらがよいねえ桜餅〟などという川柳に詠われています。長命寺桜餅の産みの親は山本新六という人です。銚子から江戸に出て、長命寺の門番となり、その後、八代有徳院（徳川吉宗）様の植樹により、長命寺一帯は桜の名所となりました。新六はすかさずして花見人気に乗ります。桜の葉で餡玉入りの餅を包むことを思いつき、山本屋を開き大繁盛。花見客で賑わう墨堤でずっと売られ続けてきています」

「さすがねえ。よくもそのように淀みなくお話が出来るものだわ」

亀乃はすっかり感心しているが、実は信二郎はこういう時の母に距離感を抱いていた。

——食べ物は所詮、語るより食べろではないか？　桜は綺麗で心が浮き立つので皆で花見には行った。しかし子どもも心に桜の墨堤で花見をするのは辛かった。桜餅のほかにも煎餅とか、外郎、飴菓子等、何でも売ってはいたが、二言目には始末、始末と言う養母上に買ってもらったことはなかったからだ。だから、もてなしてくれるのはうれしいが、そのたびに自分と池本家との距離を感じる——

知らずと信二郎は故郷にいる頃、貧しい暮らしの中で茶というものを飲んだことがなかったと語った紅恵をまた思い出していた。

この後、城から帰り着いた方忠は、

「良きものがあるな」

子どもに還ったがごとくの喜び様で桜餅をいくつも食した。

「やはり、柏餅より桜餅の方が美味い。柏より桜の香の方がわしは好きだ」

堪能したところで、

「ところでこのところ、市中で大きな事件は起こっておらぬのかな？」

さりげなく訊いた。町方はだらしがなさすぎると不満を洩らした浦路に、得心のいく言い訳をしなければならない。

「市中を震撼させるほどの事件ではございませんが、空家になっている元海産物問屋の氷室代わりの洞窟より、五年前に刺殺された北町奉行所同心の骸が見つかりました」

信二郎は五年前とほぼ断定できる理由を挙げて説明した。

聞いていた方忠は、

――これはちとまずいかもしれぬ――

苦い顔にならないように気をつけながら、

「名は何という？」

訊かずにはいられなかった。

「片口清四郎です」

――なに、片口だと――

方忠は片口清四郎に会ったことこそなかったが、名は聞いていた。老中を始めとする当時のお歴々の何人もが片口が行方知れずになった後、職を解かれたり、横領の罪で蟄居させられた。密かにではあったが、大規模な粛清の嵐が吹き荒れたのだ。将軍は徳川の権威を行使して、さまざまな利権に群がる臣下たちに鉄槌を下したのである。方忠はこれを積極的に推し進めたわけではなかったが、将軍の命とあれば解職、蟄居の言い渡しを大目付に託する役目も担っていた。いわゆる憎まれ役だった。

「何も今更、片口清四郎でもあるまい」

不用意にも方忠はふと洩らして、はっと気がつき、こほんと一つ咳払いした後、口をへの字に結んだ。

——御側用人として上様にお仕えしている父上ともあろうお方が、なにゆえ奉行所同心にすぎない片口清四郎に心当たりがある？——

ただし、父の不機嫌さを見てとった信二郎は、この場ではこの不可解さを口にはしなかった。

二

五吉と名乗っていたあの時の男を探して、丁助長屋へ行き、なぜか行きがかり上、看病人のおゆいの急場に居合わせ、自死を止めたゆめ姫は、それを機にぱったりとあの男の夢を見なくなった。といって、

——信二郎様はきっと難儀しておいでだろう——

氷室代わりの洞窟で見つかったという骸の夢も見なかった。その代わりこんな夢を続けて見ていた。

——気楽な身形ではあるけれど、これではちょっと——

姫は頭を端布で包み、つんつるてんでくるぶしが見える継ぎ接ぎだらけの着物姿だった。

——疲れている様子——

なぜか川で洗濯をしていた。何枚もの手拭いや腰巻き、褌の類いをせっせと洗っている。

ふと川面に映る自分の顔が見えた。

——えーっ、これがわらわなの？——

膨れた煎餅のような丸く茶色の顔に、低い鼻と小さな目、分厚すぎる唇が配されている。

〝精が出るね〟

隣りに女が立った。

——藤尾じゃないの——

〝あたしなんて、あんたの半分もまだ洗い終えてないのよ、何しろ、忙しくて〟

藤尾は常と変わらぬ顔をしている。ただし白粉がいつもより濃い。唇に塗っている紅も鮮やかだった。何より、めくら縞の着物に継ぎ接ぎがなかった。

〝おふじちゃあーん〟

藤尾を呼ぶ男の声がした。

〝行かなきゃ、悪いけど、お夢ちゃん、あんた、この洗濯物、洗っといてくれない？あたしは用があるの。男たちに白粉や紅、新しい木綿の反物を貰うのもいいけど、お腹の足しにはなんないでしょ。だから、これから腹拵え。大好きなお汁粉、好きなだけ食べていっていう男がいるのよね。この次はきっとお夢ちゃんも一緒に誘って貰うから。今日だって、帰りに金鍔か、大福餅、おねだりしてお土産に買って貰ってあんたにあげる。だから、お願ーい〟

おふじと呼ばれている藤尾はそう言って、洗濯籠を姫に押しつけて立ち去った。

――金鍔か、大福餅――

ごくりと生唾を呑み込んで、空腹に気がついたゆめ姫は藤尾が置いていった洗濯籠を引き寄せた。

――いいなあ、藤尾は男の人たちにちやほやされて。わらわなんてこの器量じゃとても――

――ちやほやなんて夢のまた夢だわ――

なぜか姫は変わってしまっている自分の姿を受け容れていた。

――さあ、もう一働き――

ごしごしと力強く汚れ物を近くの大きな石に押しつける。

――それにしても、お腹が空いたわ――

ゆめ姫は袂に入れた一個の握り飯を思い出していた。弁当の残りであった。ぐうぐうと腹の鳴りが止まなくなり、洗濯物を洗う勢いが鈍ってきた。

――でも、今食べてしまうと次にお腹が空いた時に困る――

さんざん迷った末、腕に力が入らなくなって、

――やっぱり食べましょう――

思い切って袂から握り飯を取りだした。口の中から唾が湧いてきている。がぶりとかぶりつこうとした時、ぷんと垢じみた匂いが鼻を掠めた。

見上げると一人の物乞いが姫の隣りに立っている。その目はじっと握り飯に注がれてい

た。空腹に堪えきれない証に口元から涎が流れていた。

――この男はわらわと比べようもないほどひもじいのでは？――

ゆめ姫は躊躇した。

まだ若いその物乞いの男は継ぎ接ぎさえしていない、襤褸を纏い、塵だけではなく蜘蛛の巣が張っている髷は元結いが緩んでいる。

――それに――

姫は相手の顔から目が離せなかった。

――目は信二郎様で鼻は慶斉様、顔の形は助けてくれたあの男に似ている――

〝どうぞ、召し上がれ〟

その物乞いに手にしていた握り飯を渡した。

すると相手はおずおずと腰に挟んでいた汚い手拭いを差し出した。

〝お、お礼〟

この掠れた声は誰にも似ていなかった。

〝ありがとう〟

ゆめ姫は思わず微笑んだ。

この後、姫は夢の中でまた夢を見た。寺の前に立っていて、奥へ奥へと招かれたかのように入っていく。観音堂に行き当たった。扉が開いて、美貌と慈悲の心を兼ね備えた観音菩薩がしずしずと歩いて出てきた。ゆめ姫の顔を両手で挟んで何度も何度も頷いた。

この時夢の中で早朝、目を覚ました姫は咄嗟に井戸端に出て水を汲み、自分の顔を映してみた。

――もしかして――

しかし水鏡に映った顔は川面のものと少しも変わっていなかった。

――空しい期待だった――

〝あら、お夢ちゃんでも自分の顔を見てみることがあったのね〟

後ろから藤尾の声がした。

〝顔なんて見てないわ、いつものように旦那様御一家に一番茶を淹れてさしあげようと、水汲みしてただけよ〟

〝無理しちゃって〟

藤尾が笑った。

すると藤尾の後ろに並んで小桶に水を汲んで、顔を洗い口を濯ごうとしていたほかの女たちが、

〝無理しちゃって〟

〝無理しちゃって〟

嘲笑うかのようにこの言葉を繰り返した。

ゆめ姫は溢れ出てくる涙で視界が歪んだ。歯を食い縛って涙を止めようとするが止まらない。何とか涙を拭おうとして物乞いからもらった、手拭いを思い出した。汚れた手拭い

を袂から出して顔に当てた。自分の不細工な顔が、汚れた洗濯物であるかのように憎くなり、ごしごしと痛いほど懸命にこすった。

——もう涙は見せたくない——

泣き顔でなくなっているか、どうか、確かめるために水の入っている小盥に顔を近づけた。

——嘘でしょ——

小盥に映った顔が変わっていた。色白の瓜実顔で鼻筋が通り、ぱっちりとはしていても理知的な目をしている。可憐にして華やかな美しい顔であった。

——いつものわらわの顔だわ、ああ、やっと戻った——

ほっとした姫がため息をついたとたん、見えていた井戸端の景色が消えて、あの洗濯をしていた川辺の昼下がりに変わった。

藤尾を含む何人かの女たちが、

〝どうか、お恵みを〟

両掌を開いて受け皿にしつつ、歩いている物乞いたちの列を待ち受けていた。

〝さあさ、遠慮なく〟

藤尾たちは笑みを湛えて握り飯を手渡して、

〝その代わり、お持ちの手拭いをくださいな〟

物乞いたちの手拭いを集めている。

——元の顔に戻った時、皆から手拭いのことを訊かれたので、握り飯の礼に物乞いに貰ったとは言ったけれど——

ゆめ姫は何やら不吉な予感に襲われていた。

物乞いたちが通り過ぎたところで、

〝さあ、皆さん、始めましょ〃

藤尾が音頭(おんど)を取って物乞いから手に入れた手拭いを一斉に使おうとした。

〝待って、お願い、待って〃

大きな岩の陰に隠れて見ていた姫は走り出した。

だがもう遅かった。物乞いたちの手拭いで顔を拭った女たちに、急激な速さで異変が起きた。まず最初に背が縮まり、着ていたお仕着せがずり落ちた。次に二本足で立っていられなくなって四つん這(ば)いになった。短いがむくむくした灰色の毛並みに顔や頭までも被(おお)われて、チュウチュウと鳴き始めるまではあっという間だった。

にゃーおとどこかから猫の鳴き声が聞こえると、鼠(ねずみ)たちは一目散にその場から走って逃げた。

そこでゆめ姫は目を覚ました。咄嗟に鼠たちを探したがもちろん見当たらず、縁先から春の朝の光がさんさんと降り注いでいる。

「姫様、お目覚めですね、おはようございます」

藤尾が声をかけてきて、

「おや、お顔の色が優れないご様子、気になる夢を見られましたね。信二郎様の文にあった不気味な骸の夢でございますか？」

浦路が寄越した紀州の梅を使った梅干しが入った茶を勧めた。このところ、夢ばかり見ていることの多い姫は、起きてすぐは食欲が湧かず、まずは梅干し茶を飲むようになっていた。

「いいえ、そうではないのよ」

姫は見た夢の話をした。

「それ、〝物乞いがくれた手拭い〟っていう昔話に似てますね」

「そんな昔話、あったのですか？」

昔話は面白可笑しいだけの草紙や戯作の類いに入ると見做していた浦路は、ゆめ姫に決して薦めようとはしてこなかった。

「わたくしや仲間の女たちの代わりに因業なおかみさんが出てきて、最後は鼠ではなく、馬に変わってしまうのですよ。でも、まあ、馬も鼠も人でない畜生に変わるというのでは同じでございますね。それにしても、わたくしの方が綺麗で不細工な姫様を虐めて畜生に変わるなんて話、たとえ夢でも恐れ多いし、一生猫とかの自分より大きな生き物に追われたり、毒餌を仕掛けられる鼠にされるのは酷すぎます、ご勘弁していただきたいです」

泣き笑いの表情で藤尾はぞくりと背筋を奮わせた。

三

姫はこの夢のあらましを信二郎に文で伝えて、以下のような思いを添えた。

芝の洞窟で見つかった骸とも、香具師とやらの元締めの末造さんや片口様の連れ合いだった紅恵さんとも、あのおゆいさんとも、何ら関わり合いもない夢です。そもそも昔話には疎く、なにゆえ、このような昔話の夢を見たのか、見当もつきません。ますますお役に立てなくなったようです。申しわけございません。

ゆめ

信二郎様

すると信二郎から以下のような文が返ってきた。

あなたのその夢は起こっている事件の何らかの暗示かもしれないと思います。〝物乞いがくれた手拭い〟には、見目形よりも綺麗な心、つまり心ばえが大事で、それこそが何より美しく、見目形ばかりを追う貪欲さは人の道に反するという教訓めいた一面があります。夢の中で物乞いがくれた手拭いであなたが変わるのは、どこからか、誰かが、大きな苦しみ、あるいは癒えない傷を訴えてのことのようにも思われます。あなたを醜女(め)にしたのは切実な理解をもとめてのことではないでしょうか？　とにもかくにも、あなたにもどうしようもない負の想いを味わってもらいたいと——。引き続き、夢を見たらお知らせください。

信二郎

ゆめ殿

この文を書き終えた信二郎はふうとため息をついた。文に書いたことでゆめ姫への自分の想いが整理できたような気がしたからである。

——ゆめ殿が人一倍聡明(そうめい)なだけではなく、美しく可愛(かわい)く清らかであればあるほど、それがしには高嶺(たかね)の花に思えているのだ。常に退いてしか惹(ひ)かれない——

姫の顔に紅恵が重なった。

——幼い紅恵が故郷で啜(すす)れなかった茶、それがしが秋月家ではたまにしか口にできなかった桜餅。亭主持ちだというのに、それがしの紅恵への共感は度が過ぎている。この想いには嫉妬(しっと)さえ混じっているような気がする——

信二郎は紅恵に向けて傾きかけている己を認めた。

——こんなことでは正しい調べはできぬ。しっかり我と我が身、心を制さなければ——

書いた文を使いの者に渡して夢治療処(ゆめちりょうどころ)へと走らせた信二郎は番屋へと向かった。

そこには過去の人別帖(にんべつちょう)を読み込んで調べている淵野有三郎と、友吉、栄美、松恵、幹大の名を持つ町人たちを調べている屋助が待っていた。

「人別帖で友吉、栄美、松恵、幹大を調べていますが、幼子や赤子も含めて、すでにこの世にいない者がほとんどでした。生きて同名を持つ者たちのところへの確かめは、屋助にまわってもらうことにしました」

淵野は屋助に向かって顎をしゃくった。

「片口の旦那とのつきあいを認めたのは幹大一人でやす。幹大は三十歳。そのまんまの名で、品川で損料屋の主におさまってやした。そう大きな商いではありやせんが、そこそこ流行ってて、感心にも、孤児が肩を寄せ合ってる尼寺に、月毎に、幾分の銭だけではなく、てめえんのとこにある品物を恵んでるんだそうです。可愛い女房子どもがいやしたよ。幹大は市中からいなくなって、さまざまな仕事を点々とした挙げ句、何とか形がついたんだと話してくれました。市中に居た頃、幹大は駕籠舁きをしていたことがあり、片口は太い客だったそうです。駕籠屋の主には報せずに、深夜、こっそり片口の旦那を乗せていい酒手を貰ってたとのことでさ。『駕籠舁きなんかで終わる気はなかったんで、爪に火を点すかのような暮らしを続けて銭を溜めに溜めました。だから、こうして今はどうにかやっていけてます』と悪びれずに言ってやした。五年前に旦那が行方知れずになった五月の頃は、仕事仲間の質屋と大山詣を楽しんでいたそうです。損料屋は命のほかは何でも貸し出す稼業なんで、借りたもんを返さずに質屋の質草にする奴もいやす。そんな切羽詰まった客から損をさせられないために、損料屋は貸した物を紙に書いて、質屋にそいつを流してるんでさ。質屋の方はそいつを見てて、怪しい質草は取らねえってわけです。ようは損料屋にとって質屋は切っても切れねえ縁なんですよ。幹大のこの言い分が本当かどうか、大山詣で一緒だった質屋の何人かにも訊いてきやした。幹大は嘘はついてねえようですぜ」

「市中にいる頃、駕籠舁きをしていて片口とつきあいがあったのなら、もう一人はどうした？　雇い主を偽っての夜更けの仕事が駕籠舁きなら、相棒が要るはずだ」

屋助の話を聞いた信二郎は鋭く突っこんだ。

「そうおっしゃると思って、そっちの方も駕籠屋の主に訊いてきました。幹大と一緒に駕籠舁きをやってた奴は、何と日本橋にある本両替屋東西屋の入り婿になってたんで仰天しやしたよ。名前は佐野吉――」

両替屋には大別して本両替屋と銭両替屋とがあった。庶民相手で圧倒的な数の店がある銭両替屋は金銀と銭との両替しかしなかったが、数少ない本両替屋ともなると主に金銀だけを扱い、貸付や為替手形の発行等の金融もこなし、大商人や大名等が客筋であった。

「ちょいと恐れ多いでやしょう？　淵野の旦那に話したら、与力の旦那にも話せって言われやして――」

屋助の言葉に、

「前に本両替屋へ調べに行って、同心風情が勝手をしたと筆頭与力様から油を絞られたことがありました。御老中の一人でもあり、大藩で知られている奥州のさる大名家の当主が、何度も自ら足を運んで借金を申し込んでおられた時であったとかで――。こちらは知らぬことはいえ、無礼が過ぎるとのお叱りでした。それでどうしたものかと——」

淵野は当惑気味に信二郎を仰ぎ見た。

「ならばわたしが東西屋佐野吉に訊きに行くこととしよう」

信二郎が言い切ると、

「そりゃあ、何よりでさ」

「よろしくお願いします」

屋助と淵野は共に安堵の表情になった。

番屋を出た信二郎は日本橋は両替町へと向かった。

大名に貸し付けることもある本両替屋は、市中でも一、二を争う大商人の部類に入る。表店にして堂々たる間口の東西屋に入ると、店先には李朝の逸品と思われる、大きな白磁の瓶が置かれている。掃除が行き届き、すり足で歩く奉公人たちはぴりぴりと緊張していた。商家とは思えない静寂さと優雅さに溢れていた。

白髪混じりの町人髷の大番頭が両替屋の象徴である天秤の前に座っている。昼寝が似合いそうな年齢ではあったが、ゆるりとはしていない。きりっとした目鼻立ちはやや老いているものの、深く刻まれた額や目尻の皺までもが、何代も続いてきた本両替屋の大番頭としての誇りを顕示している。

「佐野吉はおるか？」

信二郎はこの大番頭の前に立った。

「どちら様で？」

相手は冷ややかに訊いてきた。

すり足の奉公人たちは自分たちには何も聞こえていないかのように振る舞っている。

名乗った信二郎は居丈高な口調を改めず、ある同心の不審死を調べているのだと言った。

「まさか、佐野吉さんに関わりがあることでは？」

大番頭の強張(こわば)った顔が警戒している。

――ただの佐野吉さんか――、入り婿は辛いな。それに佐野吉はそう商いにも長(た)けていないのだろう――

東西屋での佐野吉の立場がかいま見えたような気がした。

「殺された同心の知人を知っていたはずなのだ。同心の名は片口清四郎、知人は幹大、品川宿で損料屋を営んでいる。ここの娘婿である佐野吉に会わせてほしい、訊きたいことがある」

抑えた低い声で続けると、

「わかりました、少々お待ちください」

大番頭は、傍(そば)の手代を促して、奥に伝えに行かせた。

奥から佐野吉が出てきた。年の頃は三十歳近くで役者のような整った顔立ちをしている。

背がすらりと高い。

――この手の男は舞台映えはするだろうが、商いの場には不似合いだ――

佐野吉に続いて戻ってきた手代は大番頭に辞儀をし天秤の脇に座った。大番頭はこほんと一つわざとらしい咳をした。この時、素早く、すり足の奉公人の一人が奥へ走り、白湯の入った湯呑みを手にして戻ると、恭しく大番頭に差し出した。それを大番頭は無言で受け取る。

「佐野吉と申します。お申し越しの件、今日はよいお日和でもございますゆえ、外でお応えしてもよろしいでしょうか？」

佐野吉は白湯を飲んでいる大番頭の方を窺いながら言った。

「かまわない」

——逆の玉の輿もここまでになると辛いものだな——

「それでは——」

佐野吉は土間に下り、

「ちょっとそこまで出てきます」

大番頭に声をかけ、頭を垂れた。信二郎が促されて店の外へ出ると、

「すぐ近くの稲荷神社で。幸い今頃は人気がありません。こちらです」

急ぎ足で先に立って歩き始めた。

——この男にも親兄弟は居るはずだ。身内が訪ねてきたような時、今日のように晴れていれば外もいいが、雨や雪が降っている日はどうしているのだろう？　それとも遠慮して訪ねてなど来ないのか？——

信二郎は本両替屋東西屋に根深く染み付いている、非情なまでの傲慢さに半ば呆れた。

四

「何のお話でございますか？」

稲荷の境内で信二郎と向かい合った佐野吉は、高い背丈を屈めて緊張で縮こまってはいたが、先ほど大番頭を窺っていた時のような怯えた目はしていなかった。不可解な様子でしきりに首を傾げた。

――以前、一緒に駕籠を担いでいた相棒幹大のことで訊きに来たと大番頭には伝えた。伝わっていなかったのだな――

理由もなく町方が突然、訪ねてきたと佐野吉に想わせたのだとしたら、何とまあ底意地が悪いのだろうと信二郎はまた呆れつつ、大番頭に言ったのと同じ言葉を繰り返した。

「幹大が店を繁盛させているという話は、昔の駕籠舁き仲間から風の便りに聞いていました。駕籠舁きなんて仕事、若いうちだけのもんで年齢を取ったらできません。仲間たちは酒手を溜めて、別の商いで身すぎ世すぎをしようとするんですが、これがなかなか――。若くて遊びたい時に入ってくる銭を溜めるのはむずかしくて、『江戸っ子でえ、宵越しの金は持たねえっ』て具合に、たいていの奴は三代続く江戸っ子じゃなくても、入れば入っただけ使っちまうんです。その点、幹大は偉いですよ、どん底から這い上がって、店まで持つようになったんですからね」

「どん底というのは？　幹大は生まれや育ちの話をおまえにしたのか？」

「まあ、駕籠舁きっていうのは駕籠屋の店でお呼びを待っていたり、名だたる料亭の傍や往来が盛んなところで客を待つことも多いし、酒手をはずんでもらって全力を使い切って舁いた後、互いにお疲れさんとばかりに、冷や酒を酌み交わすこともありますから、相棒とはいつの間にかいろんな話をしてるんです。唐物問屋の生まれの幹大は両親を盗っ人に殺された後、親戚に預けられて育ったんです。そこでたいそう酷い目に遭わされたんだと聞きました。上手に隠しているんで気づかない人が多いんですが、実は幹大の左耳は聞こえないんです。もちろん、生まれつきなんかではありません」

「親戚の家で殴られでもしていたのか？」

「幹大は親戚の家で奉公人同様に扱われていたそうです。手習いに通わせてくれたのは、読み書き算盤が奉公人には要るからです。親戚のところには後継ぎである同い年の息子もいて、同じ手習い所に通っていました。その従兄弟が手習い所の子どもたちの大将で、さんざんに言葉で幹大をなじり、幹大はほかの子どもたちから殴る蹴るされる日々が続いたんです。がーんという花火のような音が響いて、左耳に激痛が走り、耳が聞こえなくなったのはその時からだと言っていました。付け届けが行き届いていたので、手習い所の師匠は見て見ぬふりだったということでした」

「酷い話だ」

――世に許せぬことは多々あるが、子どもへのいたぶりほど許せぬものはほかにない

――

「許せぬ」

洩らした信二郎の顔面が怒りで染まった。

「幹大はこうも言っていました。そして、とうとう、――『聞こえるおまえの右耳が気に入らないんだ』って言って、従兄弟がにやにや笑いながら、火鉢に使う長い箸を手にして近づいてきたんで、気がついたら、着の身着のまま親戚のとこを出てた。物乞いの世話になったり、蚊帳なんかを売ったりして何とか生き延びてきたんだ。あそこの家に居ることを思えば、どんなに駕籠舁きの仕事が大変でも今は極楽だと思える。親戚の家でのことはなるべく、思い出すまいと決めている――と。ですから、そんな苦労の限りを味わい尽くしてきた幹大が店と所帯を持ったと聞いて、わたしはほっとしました。心からよかったと思えたんです」

「幹大には会ったのか？」

信二郎は水を向けた。

「それがなかなか――」

佐野吉は目を伏せた。

「そこまでの思いがおまえにあるのなら、今すぐ品川宿へ行って幹大に会ってやれ。それがしならとっくにそうしているだろう」

「それはちょっと――」

「ほう、会えぬ理由が別にあるのか？」

「幹大の親戚の家がどこだったのか、まだお話ししていません」

目を上げた佐野吉の顔に苦悩が満ちた。

「いったい、どこなのだ？」

信二郎は追及した。

「その親戚というのは本両替屋の東西屋なんです」

佐野吉は吐き出すように言った。

「なるほどな」

——世の中には戯作や芝居を超える偶然があるものなのだな——

「ならば、今度は是非ともおまえの話を聞かせてくれ」

「駕籠舁きの若い衆たちの多くが稼いで使い果たす、ようは気楽なその日暮らしをしていた話はしましたね。わたしもその一人でした。ことに皆に羨ましがられるほど女に不自由はなく、こんな時がずっとずっと続くと思っていました。そんなわけで、まだ駕籠舁きをしていたある時、芝居見物の帰りだった東西屋のお嬢さんを乗せました。夕刻近くで人気のない場所にさしかかると、茂みから三人のごろつきが出てきて駕籠を止めたんです。その時の相棒はすぐに逃げました。わたしは逃げずにごろつきたちと闘い、蹴散らし、そのお嬢さんを東西屋に送り届けました。礼金は受け取りませんでした。早く上がって遊びたい一心で、近道をしようなんぞと思った自分が悪いと思ったからです。長屋に戻ると蹴散らした際、相手から受けた足の傷がずきずきと痛み始めました。熱が何日も続き、このまま死ぬかもしれないと思って弱り果てていました。あの時死んでいた方が楽だったのにと思うこともありましたけれどね」

そこで佐野吉はふうとため息をついて先を続けた。

「目が霞んできて、いよいよだと覚悟した時、お嬢さんが訪ねてきてくれたんです。『ごめんください』というか細い声が外から聞こえました。起き上がってよろけながら油障子を開けると、あの助けたお嬢さんでした。死にかけているわたしに驚いたお嬢さんは、医者を呼んで手当させただけではなく、毎日通ってきて何くれと世話を焼いてくれました。いつしか、このお嬢さんとわたしは好き合うようになっていました。お嬢さんは『佐野吉さんはもう駕籠舁きができない、あんな身体になったのはあたしのせい』と言い続けて、父親の旦那様を説き伏せました。おみわはわたしなんかのためにそこまでしてくれたんです。旦那様は渋々、奉公人としてならということで、わたしを東西屋に入れてくださったんです」

「しかし、東西屋には幹大の左耳を奪った若旦那がいる。その時も今もさぞかし難儀が続いているのでは？」

――〝あの時死んでいた方が楽だった〟と言ったのはそのことでは？――

「たしかに。若旦那の新太郎さんは手強かったです。ほかの奉公人たちから闇夜に裏庭に呼ばれて殴られることもありました。けれども、幹大と違って、子どもではないわたしにはそこそこの力はありますので、この手のいたぶりにはやり返すことができました。翌日、わたしを呼び出して襲った奉公人の傷を目の当たりにすることもありました。辛かったのは大番頭さんを始めとする奉公人たちの、商いに関わっての陰険ないたぶりです。駕籠舁きは卑しい仕事だと見做していて、わたしが駕籠舁きだったことまで暗に責められる日々です。先ほどご覧になっていてもうおわかりでしょう？　ですが、敵も今では少しは控えるようにはなってきてはいるのです。黒幕の新太郎さんが亡くなったからです。それを機に気落ちの余り、病まれた旦那様は床について長く、おみわは今、わたしの子を身籠もっているので――」

「それでもあの様子はこちらに寒気が走るほどだった」

信二郎はふと洩らした。

「でもわたしたちは負けません。練馬の百姓出のわたしには商いの才などありませんが、陰険ないたぶりが生き甲斐だった兄の新太郎さんとは異なり、おみわは優しさや気遣いを商いに生かすことができるからです。わたしはおみわや生まれてくるわが子の楯になって、精一杯支えて行こうと思っております。おみわもたとえ少しずつではあっても、東西屋に巣くう、過剰な思い上がりや重苦しさを変えて行きたいと言っています」

佐野吉はすがすがしい表情で微笑んだ。

――結構な心構えだがそんな具合に思えるのも、新太郎が死んだ恩恵ではあるな――

そんな信二郎の胸中を見透かしたかのように、

「わたし、いや、わたしたちが幹大に会うのは、逆の玉の輿だとしか世間に言われていない今ではなく、それが叶った時にしたいのです。わたしにも意地がありますからね。それと、わたしとおみわが晴れて夫婦になったのは、新太郎さんが亡くなってからのことですから――」

佐野吉は言い添えた。

「ところで新太郎はいつ、なにゆえ死んだのだ？」

信二郎は訊かずにはいられなかった。

「新太郎さんはお大尽ならではの遊びが好きでした。東西屋では後を継ぐまでの若旦那は勝手気儘にしていいという、変わった家訓があるのです。ですので、亡くなったその日も吉原泊まりの帰りに、旬の鴨料理を食べ比べようと料亭を幾つかはしごしていたと聞いています。さまざまな鴨を肴に昼間からぶっ通しでしたたか酒を飲み過ぎ、後ろから迫っていた馬に気がつかなかったとのことでした。馬に蹴られて亡くなったんです。三年前の冬のことでした」

「その時、おまえはどこで何をしていた？」

信二郎の問いに、

「大番頭さんの言いつけで、裏庭で溜まった落ち葉を掃いておりました。その頃はそれがわたしの仕事でしたので。もとより几帳面でことに庭掃除には厳しい方ですので、きっちり半刻（約一時間）毎に首尾を見に来られていました」

佐野吉はさらりと応えた。

この後、信二郎はゆめ姫に向けて、まずは、片口清四郎の手控帖に記されていた四人のうち一人、幹大の消息がわかり、駕籠舁き時代の相棒佐野吉に会って聞いた話を伝える文を書いた。そして以下のように書き添えた。

五

駕籠舁きをしていた頃の相棒だった佐野吉が、不幸な生い立ちを持つ幹大に寄せている想いに、危うくほだされかけましたし、東西屋の若旦那新太郎の事故による死はかえってよかったようにも思えました。生前の新太郎が甘やかされて我が儘の極みとなり、あまりに驕り高ぶっていて、弱い者いじめの権化のような人柄だったからです。けれどもそんな新太郎でも御定法に反した罪人ではありませんでした。そして、奇しくも前世から定められていた因果のように、新太郎からいたぶりを受けてきた幹大と佐野吉が二人して、新太郎を亡き者にしたいと望んでもおかしくはありません。ですので、新太郎が事故死した日、幹大がどうしていたかを手先の岡っ引きに確かめさせようと思っています。ちなみにその時はもう東西屋の奉公人になっていた佐野吉には、新太郎の事故死と関わりないことを示す、確たる証がありました。

片口清四郎との縁は、今のところ、酒手をはずんでくれる上客と深夜に働く駕籠舁き二人という間柄にすぎません。正直事態は複雑と混迷を呈してきたきらいがあります。

真に心苦しくはありますが、あなたの夢に期待せざるを得ないのです。

信二郎

ゆめ殿

信二郎からの文を読んだゆめ姫は茶菓を運んできた藤尾にこれを見せた。

「両替屋の東西屋は市中でもかなりのものなのでしょう？　注目もされてるでしょうから、藤尾は何か聞いていない？」

好奇心旺盛（おうせい）な藤尾は無類の瓦版（かわらばん）好きであったが、

「ええっ？　若旦那が亡くなって、主が倒れて寝つき、元は駕籠昇きだった奉公人が娘婿になってたですって？　あの東西屋でそんなことが起こってたんですね、少しも知らなかったわ」

文を読みつつ、驚愕（きょうがく）の声を挙げた。

「藤尾でも知らなかったの？　瓦版は香具師の元締めの末造さんや、口入屋の女主人紅恵さんのことは書き立てるのに、なぜ、東西屋のことは書かないの？」

姫は首を傾げた。

「東西屋さんの家で起こったことは、将軍家や大奥での出来事同様、うっかり、口にしてはならないのだとおとっつぁんが言っていました」

「でも、息子さんが亡くなったことまで皆が知らないなんて――」

「おとっつぁんは東西屋では祝儀も不祝儀も口の堅い身内だけにしか報せず、ごくごく地味なもののようだとも――。それを破るようなことがあると、身内といえども相応の制裁があるのだろうと――」

「怖い話ね」

「それほど東西屋は隠し事の多いところなのです。おとっつぁんはお大名たちや大商人たちだけではなく、将軍家ともつきあいがあって、お金を貸し付けているのではないかとも言っていました。だからなるべく、世間から離れて商いしているのだと」

藤尾は声を低め、

「たとえ与力の信二郎様が上様の御側用人池本方忠様のご子息でも、深入りは禁物なのではないかという気もいたします」

「まあ、何と」

姫は複雑な想いでこの夜、眠りに就いた。

豪壮にして優美な店先と、東西屋と掲げられた古い看板が屋根瓦（やねがわら）の上に見えている。

――ああ、やっと事件に関わる夢が見られたようだわ――

ゆめ姫は夢の中で安堵しつつも、

――とはいえ、これが信二郎様にとってよいことに繋（つな）がるとは限らないのだったわ――

藤尾の言葉を思い出して不安に陥ったが、

――でも、きっと信二郎様はなぜ悪徳同心、片口清四郎が殺されたのか、真実をお知りになりたいはずだわ。その想いはわらわも同じ。こうして夢に東西屋が出てくるのだから、その同心殺しはこの東西屋とも関わりがあるに違いない。しっかりと見届けなければ――

気力と勇気を奮い起こした。

その一心な想いが姫を東西屋の離れへと誘っていく。薬臭さが廊下にも洩れてきていた。

部屋の前に立つと障子が開けられた。

長く寝ついていると報された主が上半身を起こしている。町人髷は真っ白で顔は土気色に近いが、その目には歓喜の輝きが溢れている。そばにはおくるみに包んだ、生まれたばかりの赤子を抱いた若い妻と、そっと寄り添っている男前の夫の姿があった。

――病みついている東西屋のご主人と無事、我が子を産んだおみわさん、お婿さんの佐野吉さんだわ――

〝よかった、よかった〟

祖父になった主は繰り返した。

――これでもう思い残すことはない、安心して先に逝った妻や新太郎の元へ行ける――

主の心の声が聞こえた時、恐ろしい異変が起きた。

主めがけて白い雲のような塊が四方八方から襲いかかってきたのだ。

〝そんなの、虫がよすぎるわ〟

〝よくもわたしをこんな目に〟

〝わたし一人じゃない、旦那様たちやわたしたちでしょ〟

〝簡単に殺すものか〟

〝苦しめ、苦しめ、東西屋　正右衛門(しょうえもん)〟

すると主は上半身に取り憑(つ)いた白い塊にすっぽり被われたまま、ぜいぜいと荒い息をついた。

——苦しい、苦しい、こいつらを何とかしてくれえ——

必死に叫んでいるつもりなのだろうが、声にはなっていない。娘夫婦には白い塊が見えていないようで、

〝少し、お疲れのようね〟

〝そうだね〟

〝今日はこのくらいで〟

〝ん、そうしよう〟

主の初孫を抱いたおみわは佐野吉を促して部屋から出て行った。

——何だ、何の恨みがあるというのか？——

虫の息の主は白い塊に話しかけた。

〝ええっ？　忘れてる？〟

〝あれほど酷いことをしておいて〟

〝それはねえだろう？〟

〝ま、もともと、どう仕様もねえ奴なんだろうよ〟

〝俺はこいつの目を潰すぞ。二度ともう、可愛い孫を見られないようにな〟

〝それはいいや〟

この時、白い塊の中で主のぎゃーっという悲鳴が聞こえた。もちろん、ゆめ姫と白い塊たちのほかには誰にも聞こえない。

〝ああ、多少はすっとした〟

〝そしてまだまだ殺さない〟

〝時々息を止めかけて思い知らせるんだ〟

〝その先にもっと酷い仕返しをするんだ〟

〝わかってるよ〟

〝そりゃあ、いい。すべすべもっちりの赤子に取り憑くのは気持ちがいいことだろう。鼻を被って命を吸い出す。こいつなんかより、よほど美味しい生き餌だ――〟

――な、何が欲しい？――

盲目になった主が必死に乞うた。

――だから、孫だけは、孫だけは助けてくれ、殺さないでくれ――

〝遅いよ〟

〝ああ、遅い〟

〝何でも金で始末がつくと思ったら大間違いだぜ〟

〝けど、そう思う一心だったから、あんな非道なこともしたんだろうよ〟

〝どうだい、あんた、俺たちと一緒に地獄とやらに行かねえか？〟

〝こいつと一緒なら地獄も面白いかもしんねえな。こいつの目の前でうんと孫をいたぶり続けてやれる――〟

――お願いだぁ、孫だけは止めてくれぇ――

主は力を振り絞って絶叫し、

――そこまでは酷すぎるわ、止めなさい。それとこのままではあなたたち、悪霊になってしまう。極楽の蓮池のそばで、御仏に見守られながら、永遠に心安らかに暮らすことができなくなるのよ。そうならないようにしたいはずよ。ならばこのわたくしに事情をお話しなさい――

ゆめ姫は初めて白い塊に向かって話しかけたが、しんと静まり返って応えはなかった。

姫はそこで目を覚ました。まだ夜が明けてはいなかったが、火鉢に火を熾さなければならないほど寒くはなかったので、信二郎に向けて文をしたためた。

東西屋の離れで、夢で見聞きした一部始終を書き留めた後、以下のような思いを続けた。

成仏できずに彷徨うふわふわと白い浮遊霊は何度も見たことがありました。けれども、集まってこれほど大きな恨みの塊になっているのを見たのは初めてです。何人たりとも触れることの出来ない東西屋の事情には、言うに言えない悪行が秘されてきたのではないかという気がいたします。しかし、悪霊になりかかっている浮遊霊たちがまだ、何もわたくしに話してくれていないので、どんな悪行なのかまではわかりません。見当もつきません。

片口清四郎の夢は見ませんでしたので、東西屋と関わりがあるかどうかは不明です。

ところでおみわさんの産み月はいつですか？　このままでは東西屋の主だけではなく、生まれ出てくるせっかくの命まで失われかねません。何とか、白い塊と心を通わせたいと思っています。

ゆめ

信二郎様

六

翌々日、もう一度東西屋に出向いて佐野吉を呼び出した信二郎は、ゆめ姫に宛(あ)てて以下のように返事を届けた。


それがしはおみわには会っていないので産み月の見当はつかないのですが、あなたの夢が夢なので、やはり気になってならず、急ぎ佐野吉に会いました。

何ともうすでに産み月に入っているとのことです。ここはあなたが怨念(おんねん)の塊となっている浮遊霊たちの事情を知って、諭すほかはないと思います。

頑張ってください。

それから岡っ引きにまた、品川まで行かせて幹大に確かめたところ、三年前の師走(しわす)、新太郎が馬に蹴られた日は、すでにもう損料屋を開業していて、女房ともども朝早くから夜遅くまで大忙しだったということです。店に貼(は)りついていたのを見たという客たちの話も聞いてきました。

幹大と佐野吉が新太郎の死とは関わりがないことがわかり、重い肩の荷が下りました。ともあれ、よかった——。

片口清四郎殺しについては幹大も佐野吉も関わりなしと考えられるので、まだ一歩も進んでいません。限りなく怪しいのは末造と紅恵なのですが、実はこの夫婦が下手人であってはほしくないのが正直なところです。

振り出しに戻ったというか、何一つ手掛かりがない状態です。あなたが片口の夢を見てくれるのを待つなんて、甚(はなは)だ恥ずかしい期待に過ぎるのでしょうが、そう願わずにはいられません。

信二郎

ゆめ殿

この文も読んだ藤尾は、

「信二郎様はよほどお困りなのでしょうね」

ぽつりと洩らして先を続けた。

「もしかして、姫様が片口という男の夢を見ないのは、意味があってのことかもしれませんよ」

「たとえばやはり末造さん、紅恵さんが下手人で、藤尾を始めとして市中の誰もに好かれたり慕われているこの二人を罪人にしたくない、とわらわが心の奥底で思っているとか？」

このゆめ姫の言葉に、

「あり得ますね」

藤尾は大きく頷いた。

そこへまた信二郎からの文が届けられた。

松恵の消息が一部わかりました。小石川養生所で一年ほど施療を受けていたことがわかったのです。その頃の医師はもういませんが、中間や女看病人などは古顔がまだ残っているはずです。

それがしが赴いてもよいのですが、実はそれがしたち町方は養生所の見廻りも務めてきたのです。入っては出ていく病人の数の検めや、薬や賄い用の米等の受け取りと支払いの吟味、部屋の見回りや薬膳の立ち会い、金銭などの大事なものの預かり等、始終うるさいことを言うため、嫌われ者です。一方、中間や女看病人の仕事は病人の食事の世話や看病、洗濯や門番などの雑用等です。

中間たちはまあまあ従順で、それがしたち役人が何か訊くと多少、よそよそしくはありますがそれなりには応えてくれます。ところが女看病人たちは用心深くて、御定法の厳しい守り手である役人たちを嫌い、あからさまに目を逸らしてしまうのです。なかなか手強く、しぶとく、口を開かせるのは至難の業です。

ゆめ殿の柔らかな物腰で何とか、松恵についての話を訊き出してもらえないでしょうか？　お願いできると幸いです。行っていただけるものと信じて、あなたが訪れたら、松恵を知る女看病人に会わせるようにと、養生所の肝煎（病院長）には伝えました。それから、それがしは養生所見廻りを務めたことはなく、取り締まりや吟味のお役を務めたこともありませんので、念のため。

そこでは病を懸命に治そうと日夜尽力している医者たちに、皆、敬意を払っているのです。女看病人たちも同じです。

片口の手控帖にあった四人の名のうち、何とか手掛かりになりそうな二人目です。松恵の今に結びつく話を訊いてきてください。

それがしの方は残る友吉、お栄美について配下の者たちと力を合わせ、針の穴ほどの手掛かりも見逃さず、引き続き調べて行こうと思っております。

信二郎

ゆめ殿

この文を一緒に読んだ藤尾は、

「たしかに養生所のお医者さんや中間、女看病人たちは親切で優しいけれど、取り締まってるお役人たちは偉そうにしすぎるって話、聞いたことがあります。信二郎様なら同じお役人でもそんなことないのに。信二郎様が養生所見廻りならよろしかったのにね」

しきりに残念がった。

「ともあれ、ここは何としても信二郎様のお役に立たなければなりません」

姫は立ち上がって身仕舞いを始め、藤尾も倣った。

小石川養生所は徳川吉宗と大岡忠相が防火整備や風俗取締と共に主導して、困窮者を対象に設置した無料の医療施設であった。

「まあ、薬草園の中にあるのですね」

養生所は小石川薬草園の内にあり、ぱっと見て姫でもわかったのはヨモギやドクダミぐらいではあったが、さまざまな種類の薬草がいっせいに芽を吹いて茂り始めていた。養生所には柿葺の長屋造りで薬膳を拵える厨が二箇所に置かれている。

養生所の入り口で名乗って訪いを告げると、頷いた白木綿の小袖姿の医者らしき男が目を伏せたまま、先に立って廊下を歩きはじめた。突き当たった部屋の障子の前に立つと、振り返ってまた頷き、

「先生、待たれていた奉行所からのお方です」

呟くような低く小さな声で伝えた。

この時ゆめ姫の全身が感動で震えかけたが、

――この声――くぐもっていてもなお一層の奥深い美声、間違いない、このお方があの夜、わらわの命を助けてくれたのだわ。お医者様だったのね。ああ、でもお医者様があのような凄まじい斬り合いをするなんて考えられない。もしかして、この姿は仮のものかもしれない、きっとそうね。そして、わらわと目を合わせようとしないのも、それが理由なのね。だから今は礼など言うべきではない――

すぐに複雑な諸事情を察知して緊張の余り強張った。

「どうぞ」

文机に向かっていた肝煎が振り返った。小石川養生所といえば貧しさの中で病む人々の救済施療所である。当然、肝煎も質実剛健の痩軀を想い描いてきたが、実際は小太りで血色も良く、坊主頭のてっぺんが染み出る脂で光っていた。

「わしが肝煎の小川尊徳だ。八代有徳院様や大岡越前守様に物申した小川笙船の遠縁ではある。あなたたちは秋月修太郎様の特別なお手先で、ここの古顔の女看病人に訊きたいことがあるのだと聞いている。わしは小伝馬町の牢医の他に骸検めまでやっておる。なに、多少の金は入るものの、激務だ。とはいえ、不謹慎を覚悟で申すと面白くないこともない。元海産物問屋の氷室代わりの洞窟で見つかった、骨になりきれていない古い骸を検めたのはわしだ。あの骸があのような姿であり続けたのは、何か、きっと人智を超えた相応の理由があるはずだとわしには思えるゆえな。骸検分医の治療とは供養であるべきで、殺しであれば下手人を見つけてやらねば成仏はできぬはずだ。是非とも秋月様の助けになりたい。あなたたち、存分に調べてくれ」

そこまで話した肝煎は、

「急病人が出たので悪いがこれから小伝馬町まで行く。女看病人の古株にお世津という者がいる。もっと古くからの者もいるにはいるが、年齢のせいもあってお世津ほど覚えがよくない。その点、好奇心の塊のお世津はここの生き字引とまで言われている。別の部屋に呼んである。これと一緒にな」

大きな菓子盆に盛られている酒饅頭を二つ、三つ、たちどころに胃の腑におさめると、

「医者たるもの、常に自身が壮健でなければならぬ。それには好物は欠かせぬものだ。特にわしのような下戸には菓子に勝る好物はないのだ」

一家言垂れて立ち上がり、

「お上からは往診時には、しめしがつかない、威信にかかわるので十徳を着るようにと言われているが、構わぬ。これでよい」

そう言って薄汚れた白い小袖、継ぎのある袴のまま部屋を出て行った。

するとしばらくして、目を伏せ続けていたのとは別の者が障子を開けた。

「こちらへ」

二人は積み重ねられていた布団が、他の部屋に移された後の手狭な布団部屋に案内された。

「余分な部屋がないのでこんなところで。すみません」

長身痩軀のその者はまだ二十歳ほどで白い歯並みと笑顔がすがすがしかった。

「わっ、素敵な方」

思わず惚れっぽい藤尾は姫に呟いたが、

――それより、先ほどのお方はどこへ行ってしまわれたのだろう――

ゆめ姫は、もう二度と会えないような気がした。

七

姫と藤尾はお世津という四十半ばの女看病人と向かい合っていた。二人が待つ布団部屋へ入ってきたお世津は、緊張した固い面持ちで押し黙っている。僅か二尺（約六十センチ）ばかりの隔てなのだが、大きな川の両岸に立ち合っているかのようなとりつくしまのない距離感があった。

隔てている畳の上には大きな菓子盆が置かれていて、尊徳が美味そうに食べていたのと同じ酒饅頭が沢山盛られている。

「美味しそう――」

ゆめ姫は菓子盆に手を伸ばし、酒饅頭を一つ取って口に運んだ。

「さ、食べましょうよ」

藤尾がお世津に微笑みかけて姫に倣う。ごくりと生唾を飲んだお世津も無言で酒饅頭を摑んだ。

「小川先生より聞いておられましょう。是非ともお話しいただきたいことがあるのです」

ゆめ姫は切り出した。

「ここは死ぬ、生きるの病人の巣だからね、おまけにたいていは九尺二間の長屋に住むのがやっとの貧乏人だ。こんなとこで働いてると陰気で陰気で、気が詰まって仕様がないったらない」

お世津は突き放すような物言いをした。

「なるほど」

姫の相づちでは共感が薄いと感じたのか、

「よくわかりますわ」

藤尾は二つ目を頰張った。あわててゆめ姫は真似、お世津も口に運んだ。

「こういうとこの気の悪さには、こういうもので立ち向かうしかありませんものね」

藤尾とお世津は共に三つ目に取り掛かった。

「まったくだよ、それに酒饅頭はあたしの好物、三度の飯より好きなのさ」

お世津の口調がやや柔らかく親しみを帯びてきた。

「わたくしもです、美味しいですね、酒饅頭」

姫も必死に三つ目を咀嚼している。

「それにしちゃ、あんた、食べるの遅いじゃない？」

お世津が横目でゆめ姫を見た。

「ごめんなさい、わたくし、生まれつき何をするのも遅くて、皆さんに迷惑ばかりかけてきたんです」

姫が詫びると、

「あんた、意外に素直で謙虚なんだね。感心したよ。今日日の若い娘ときたら、菜っ葉一つ満足に刻めない、飯もふっくらと炊けない癖に、ちょいとこっちが意見しただけで膨れて止めちゃうんだから。そいつらに比べりゃ、あんた、自分がのろまだってわかってるだけ、たいしたもんだよ」

さらにお世津の態度は軟化して、

「ところで何なんだい？　訊きたい話っていうのは」

自分の方から切り出してくれた。

「実は――」

そこでゆめ姫は同心片口清四郎殺しと関わりがあるかもしれない、松恵という名の女の患者について心当たりを訊いた。

「片口清四郎――」

一瞬お世津の目が泳いだ。

――お世津さんは片口清四郎を知っている――

確信した姫は、

「下手人探しで証や真相を探り出せないと、殺す理由があっただけのことで、殺していないかもしれない夫婦が裁かれることになるんです。どうか、片口清四郎についても御存じならば話してください」

必死の想いで相手に頼んだ。

「殺しはどんな理由であっても死罪。罪もないのに首を打たれるなんて酷いと思いませんか?」

藤尾はお世津の急所を突いた。

「そりゃあ、あんた、そうだわ」

お世津は知らずと両手を打ち合わせていて、

「片口清四郎、ほんとに死んだんだろうね」

急に声を潜めた。

「間違いありません」

ゆめ姫と藤尾は声を合わせた。

「それじゃあ、ちょっと、そこまであたしと一緒に来ておくれ」

お世津は立ち上がった。

藤尾は素早く、残っている酒饅頭を菓子盆に敷かれていた紙に包んでお世津の懐に抱かせた。

お世津は玄関ではなく、厨の勝手口から外へ出た。二人はお世津の後へと続く。広い裏庭の右手に平屋の家が建っていた。その家の両側には、日当たりをそれほど好まないカエデと南天が植えられている。

　出入り口の戸には厳重な錠前が付けられていた痕があった。

「ここはろくに陽が当たらないんで、今は納戸代わりに使ってて、米や唐芋、鰹節、昆布なんかをしまってる。けど、これが建てられたのは、特別な病人のためだった」

「もしや、それが松恵さん？」

　姫が言い当てると、頷いたお世津は、

「六年は前だったかね、ある日、ばたばたと大工たちがやってきて、一月かそこらでこれを建てた。あたしらはここに家がぽつんと建つのも変だと思ったし、やたら、太いヒノキやスギが運ばれてきてて、安普請の養生所とは大違いだった。とっくに大風で吹き飛ばされちまって無いけど、菩薩様だって祀られてたんだよ。どう見ても、きっと相当のお大尽の家族のために建てられるんだろうって、あたしらは噂してた。ここは貧民の治療所ってことになってるけど、医者の腕がいいもんだから、こっそり治療に来る金持ちや偉いお武家様もいるんだよ。そして、あたしらの予想に狂いはなかった。家が出来上がると、養生所の門を潜って、まっすぐここへ入ったのは、まだ、十四、五歳の女の子だった。名は松恵」

　自分たちの噂話も交えて話し始めた。

「どなたか、付き添っておいでの方は？」

　ゆめ姫は訊いた。

「初めは婆やさんがいたんだけどね――」

お世津は先を焦らした。すると藤尾はすかさず、

「お世津さんの髪、たっぷりある上にコシがあって艶々しててとってもいいわ。わたしよりこれ、似合いそう」

自分の髪に挿していた、銀で出来た平打ち簪を抜き取って渡した。

「へえ、偶然だねえ」

お世津はにっと笑い、その簪をぎゅっと握って話を続けた。

「松恵ちゃんは婆やさんと一緒によく養生所の庭を散歩してた。松恵ちゃんは姿がすらっとして、鼻筋の通った、目の大きな綺麗な娘だったけど、肝心のその目が生きてなかった。どこを見ているかわからない、常にぼーっとした目なんだよ。とにかく心ここにあらずの病なんだから仕方がないんだけどね。気味が悪いって言ってた女看病人たちは多かった。でも、男たちはそうでもなかったみたいだよ。ある夏の日のことだったんだけど、これで暑さも終わりかっていう、大雨が降った夜、その家の中からぎゃあーっていう凄い悲鳴が聞こえてきた。まずは中間が走って起こった事態を伝え、その後は医者たちが来たんだとさ」

そこでお世津は握っていた簪を自身の髪に挿して、満足そうにふふふと笑ってから先を続けた。

「首を簪で突かれて松恵ちゃんに殺されかけたのは若い中間の一人でね。幸い首の急所を

外してたんで何とか命は取り留めた。どうして、そいつがあんな刻限に松恵ちゃんのところに居たのかは言うまでもないことだろ？　日頃から女好きだったそいつは、自分はちょっとい男だと自惚れていて、散歩の途中、婆やさんの目を盗んで松恵ちゃんが渡してきた萩の花が、『来てくれ、抱いてくれ、待っている』という言葉代わりだと思い込んだとのことでね。自惚れはとかく身を滅ぼすんだよ。助かりはしたが、深かった首の傷は一生残るだろうと医者たちが話してたのを、誰かが聞いて皆に広めた。それもあってそいつは傷が治るとすぐ、ここから出て行った。婆やさんの方はあの大雨の日、恐ろしくも酷い様子を目の当たりにして、心の臓の発作を起こして死んだ。ここで働いている連中は男も女もとかく口が軽いから、『夜叉のような形相で松恵ちゃんが相手の首に簪を突き立てて、血が迸り、そばでは止めに入った婆やさんが骸になってた。まさに地獄絵図だよ』なんて話、知らない者がいなくなった」

「その後松恵さんはどうなったのです？」

姫は先を促した。

「しばらくはここに居たさ。婆やさんが亡くなったというのに、松恵ちゃんの生家じゃ、代わりの付き添いは寄越してこなかった。おかげで松恵ちゃんの世話は女看病人たちでの持ち回りと決められ、仕事が増えてみんなぶつぶつ言ってた。そんな早春の朝、養生所の蓮池にはまって死んでいる松恵ちゃんが見つかった。先生が言うには入水だと」

このお世津の言葉に、はっとして藤尾と顔を見合わせたゆめ姫は、

「それ、今から何年前のことでしょうか？」

さりげなく訊かずにはいられなかった。

――松恵さんが自死したのが、片口が姿を消した五年前より後なら、中間を殺しかけた松恵さんが、今度は本当に片口を殺してしまった、そして、医者たちや役人たちがひた隠し、骸を氷室代わりの洞窟に捨てたということも考えられる。だから、薄々気づいていたお世津さんは口を開こうとしない？――

「そうさね、五年前のことだった。あの年は十二年に一度の巳年の凶作だって皆が騒いでたんで覚えてるんだ。こんな年だからここまで悪いことが起こったんだって、やたら、お札貰いや御祈禱が流行ったもんさ」

お世津の応えに、

――よかった。片口は五月の頃行方知れずになっているのだから早春に亡くなった松恵さんが片口を殺めることはできない――

姫は自分の早合点を恥じた。

お世津は先を続けた。

「文机の上には、『みんなわたしが悪いのです』という文が遺ってたそうだ。あたしが小耳に挟んだ先生方の話では、『正気に還ったのが禍した、あるいはこの病の最期は正気を呼ぶのか？』だとか。そういうむずかしいことはわかんないけど、松恵ちゃんは生まれた時からああだったのかねえ？　まさか、赤子が男を誘って殺そうとはしないだろ？　だとしたら、噂通り、天下祭りの日に神隠しにあったけど、何とか帰ってこれたってことと関係があるのかね。そうなら、なった理由が松恵ちゃんのせいじゃないんだから、あんまり可哀想すぎるじゃないか――」

知らずとお世津は髪の簪を引き抜いて再び握りしめていた。

第三話　ゆめ姫と慶斉が破局？

一

「片口清四郎という同心に覚えはありませんか？」

単刀直入にゆめ姫は訊いた。

――ここの見廻りのお役目を町奉行所で同心や与力が担ってきたのだとしたら、片口が訪れていたとしてもおかしくはない――

するとお世津は声を落として、

「片口なんて同心、一切知らないことにしたいんだ。今更、蒸し返したところで松恵ちゃんは戻らないからね。もっと早く殺されてりゃいいぐらいのいけ好かない奴だったよ、あいつは。それ以上は言えないし、言いたくもない。そもそも松恵ちゃんのことは思い出すだけで滅入っちまう話なんだから、このくらいで勘弁しておくれ」

姫の耳元で囁いた。

一方、藤尾は古びてはいるが丁寧に建てられているこの家を見つめつつ、

「体のいい座敷牢みたいだけど、これだけのものを病んだ娘のためにここに建てることができた財力ってたいしたもの——相当なお大尽ですよね。心当たりありません？」

さりげなく松恵の素性を訊こうとした。

「それが誰も知らなかったんだよ。先生たちの中でも知ってたのはその時の肝煎だけだね、きっと」

はぐらかそうとするお世津に、

「ここの生き字引のお世津さんは千里眼でもあるはず。いくらひた隠しにしてたって、お世津さんだけはちゃーんと見透かしてたんでは？」

藤尾が迫った。

するとお世津はふふふと笑って、

「かなわないねえ。あんたには高い簪貰っちゃったから教えるしかなさそうだ。珍しい家紋でわかったんだ。米問屋で銭両替屋も兼ねてた伊勢屋さん、あの頃は知らない者はいないお大尽だった」

また小声で呟くように洩らした。

「ああ、やっぱり。わたしの親はしがない羊羹屋なんですけど、時々、おとっつぁんが伊勢屋さんの商いが繁盛してた頃のことを、なつかしく話すんですよ。あの頃はお大尽にも情けがあって、仕入れのお金に困ったおとっつぁんが、伊勢屋さんから只同然の利子でいくらか借りたこともあったんだとか。市中で一番の銭両替屋の伊勢屋さんがそうすると、他の銭両替屋さんたちも倣って、世の中がせちがらさだけじゃぁなくて、なかなかよかったんですって。小判を蔵に沢山貯えて、もっともっとお大尽になりたいっていう今どきの向きとは違ってたって――」

「たしかにそうだったね、あの頃はよかったよ」

お世津は大きく頷いた。

「伊勢屋さんはその後、どうなったのですか？」

姫は気掛かりであった。

「なぜか、急にすーっと商いが左前になって店を畳んだって、おとっつぁん言ってたけど、ねえ、伊勢屋が潰れた理由、知ってます？」

藤尾に訊かれたお世津は、

「そればっかりは知らないよ。あたしが生き字引なのはここでだけなんだからさ。あんな大店がやっていけなくなるなんて、いったい何があったのかねえ。まあ、松恵ちゃんが伊勢屋の娘だっていうのは間違いないと思うから、親たちは店のためにも、心を病んだ娘によかれと思って、大枚を叩いてここへこっそり移したわけだった。けど可愛い娘があんなことになって、すっかり気落ちしちまったんだろうね。立て続いて主夫婦が病で死んだってのは風の便りで聞いた。それから伊勢屋に親戚縁者はいなくて、子どもはあの娘一人きりだったっていうのも――」

自分の知る限りを口にした。

——なるほど、でも——

聞いていたゆめ姫はなぜか、心の中を釈然としないものが渦巻いている。思い切って、

「あのう——」

その思いを話してみることにした。

「伊勢屋のご主人夫婦がお嬢さんを亡くして生きる力を失って、重い病に罹ったというのはわかります。けれども、大店と言われているところには、大番頭の下に番頭が何人か、ようは頼りになる奉公人がいるものでしょう？　伊勢屋さんだってそうだったはずです。こんな時、頼りになる大番頭さんか、番頭さんの一人が商いを継ぐことだってあると聞いています。なのにどうして伊勢屋さんが潰れたのかがわかりません。考えられるのは、すでに伊勢屋さんの貯えが尽きていて、商いの行く末が案じられていた矢先、松恵さんがあんなことになり、ご夫婦に病が追い打ちをかけたのではないかと——」

「さすが、ひ、いや、ゆめ先生、素晴らしいっ」

藤尾は手放しで相づちを打ち、お世津も、

「あんた、自分はのろまだって言ったけど、おつむの方はそうでもないじゃないか。たしかにね、あたしたちはあの伊勢屋が金に詰まってたなんて思いもしなかったけど、店が潰れるにはそれだけの商い事情はあるもんだろうから、あんたの考えは案外、当たってるのかもしれない」

深々と頷き、

「それって気前よくお金を貸しすぎて、返さない人が多くて、貸し倒れになってたってことかしら？」

藤尾に尋ねられると、

「いや、そうじゃぁないだろう。伊勢屋は今の本両替屋の東西屋と比べたって、らくらく軍配が上げられるほどの繁盛ぶりだったんだから。ちょっとやそっとで貸し倒れになんてなるわけないよ」

勢いよく首を横に振った。

「もしかして、押し込みに遭ったとかでは？」

姫はこれだと思いついたのだが、

「押し込みなら瓦版が騒々しく書き立ててるはずだよ。あたしらが知らないわけないじゃないか」

お世津は鼻で笑った。

最後にゆめ姫にはどうしても確かめたいことがあった。

「さきほど小川先生のところへ案内してくださった、あの白い小袖を着てて、声が際立ってる方の名を教えていただけませんか？」

頬が火照って熱い。

「多分、あいつだと思うけど、へーえ、早速、あいつを見初めるなんぞ、初心な見かけによらず、あんたも隅に置けないねえ」

お世津はからかうような目になって、

「四郎だよ。ただし、お医者ではなくてただの中間。見込まれて尊徳先生の助手をしてる。だから先生の行くところへはどこへでもついて行く。あんたが言うように、見栄えはそこそこだけど声だけは飛びきりいい。あたしなんかも、この年齢になると、ああいうのも悪かないって思って気にかかる。あんた、今からそんなに老け込むことないんじゃない？」

けらけらと笑った。

――あの方、大工のふりをして長屋に住んで銭湯に通っていた頃は五吉、ここでは中間の四郎なのね。そしてあの夜は恐ろしいほどの手練れの黒装束――

ますます、得体の知れない相手だとわかっていても、

――どうしても、もう一度会いたい、お礼だけではなしにもっと話がしたい――

姫の想いは募るばかりであった。

そんなゆめ姫が藤尾と共に小石川養生所の表門へと向かっていると、

〝ゆめ姫様〟

前に聞いたことのある渋味のある声に呼び止められた。残念なことに四郎ではなかった。

〝もしかして〟

振り返ると大岡越前守忠相の霊が立っている。

〝そなたでしたか〟

〝あまり喜ばれてはおらぬようですな〟

でいる。

ちなみに霊とは心の中での会話ができるので、一緒に歩いている藤尾には気づかれない

大岡越前守忠相は今からおよそ百年も前、徳川幕府中興の祖と言われる八代将軍吉宗と共に政(まつりごと)に携わり、町奉行にして、大名の格を得た出世頭であった。

講談等で語られる越前守は頭が切れるだけではなく、人情にも厚かった名奉行とされているが、これは市中の人々が好む越前守像であり、姫が知った限りではかなり一徹な懲悪を信念として持ち合わせていた。

〝そなたは相変わらず、信じるお役目をこなしているのでしょうね〟

姫は素っ気なく言い当て、

〝恐れ入ります〟

越前守は頭を下げた。

霊となってからの越前守は、時折、現世に出てきて、近く罪を犯すとわかっている輩(やから)に自死をさせて未然に防ぎ、この世に罪過が蔓延(はびこ)るのを抑止しようとしている。この懲悪に固執したやり方の根底には、一度悪(あ)しきものに染まったが最後、もはや、人は人として生きられない、鬼になる、鬼は退治すべきだという厳しい裁きの理念が貫かれている。

一方、ゆめ姫は、人は誰しも、たとえ極悪人であっても、機会さえあれば善なる己に立ち帰ることができる、それゆえに救われると信じている。

ようは越前守の霊とゆめ姫は真っ向から反発しあっていた。

二

〝それでどうして、そなた、わらわの前にまた現れたのです？〟

姫が訊くと、

〝神君家康公が開いた江戸が繁栄し始めると、地方の諸国から成功を夢見て、沢山の人たちが集まってきました。しかし、功なり名遂げたり、富者にのし上がる者はごく稀で多くの者たちが貧困による病いに喘ぐようになったのです。ある町医者からその旨を記した目安状が評定所前に置いた箱に入れられ、上様とわたくしは、恵まれない者たちのためにと、無料で受けられる医療の場所を設けたのです。それが小石川薬草園内のここ、小石川養生所でした。箱に目安状を入れた町医者は初代肝煎にとりたてられました。そんな事情もあって、真にここは感慨深く、わたくしは霊になっても時折ここを訪れております。そこに、たまたまゆめ姫様がおいでになって、こちらはびっくり仰天したと申し上げれば、信じていただけますか？　まずお信じにはなりますまいな〟

七十五歳までの長寿を全うした白髪頭の越前守は皺深い顔でから笑いした。

〝箱に目安状を入れて初代肝煎になった町医者なら、霊になってここを守り通そうとするでしょうが、養生所を開いた後、そなたはさらに政と深く関わって、八面六臂の活躍をしていたはずです。ここにそこまでの執着があるとはとても思えません〟

姫は相変わらず素っ気ない。

〝さすがゆめ姫様です。わたくしは貧して病める者たちの味方だった、熱い志を持ったあの町医者ほど一本気ではありません。それでは申し上げましょう。わたくしもあなた様が気になっておりました。あなた様の直面している難事に気もそぞろでした。あなた様は最近予知夢をご覧になれませんでしょう？〟

〝さすが、何でもお見通しなのですね〟

〝お褒(ほ)めに与(あずか)り光栄に存じます。予知夢をご覧になれないのは、生きている魔物のせいです〟

〝魔物？　確かに事件解決に結びつく夢は見ていませんが、まだ見ていないだけ。そのうちにきっと見ることができるわ。それより、そなたが言いたいのは、御三卿(ごさんきょう)の一橋(ひとつばし)家の慶斉様とわらわが本当に結ばれては都合が悪いと考える、生きている魔物がいるということではないのですか〟

ゆめ姫の父将軍は徳川将軍家の直系ではない。直系が絶えた後、頭脳明晰(めいせき)、文武両道、何より壮健男子であったのを買われて今の将軍職に迎えられた。将軍家には数多い若殿や姫が誕生し、大奥が浪費と華やぎの絶頂にあったこともある。

若殿のうち、早世せずに生き延びた、ゆめ姫にとっては腹違いの兄が次期将軍となる。ただしこの兄は強い自我の持ち主である父将軍に対して、従順であり過ぎた感があり、未(いま)だ父将軍に将軍職を譲るよう言い出せないでいた。年齢は四十路(よそじ)を越えている。このままでは将軍の座に就いても、将軍でいられる時は短いのではないかと囁(ささや)かれていた。

次期将軍である兄には嫡子がいたが恐ろしく病弱にして心が折れやすいという噂であった。嫡子はゆめ姫にとって、年齢のあまり違わない甥である。この甥は歴代の将軍の婚姻に倣って、京から公家の姫を正室に迎えたが、姫は亡くなり、何人かの側室との間に子は生まれていなかった。

つまり、これほど現将軍が産めよ、増やせよと子を増やしても、三代先にはまた、傍系から将軍職を選ぶことになりそうなのだ。

そんな最中の将軍候補の一人がゆめ姫の幼馴染みである徳川慶斉であった。父将軍と同じく御三卿が出自である慶斉は、幼少時より聡明で知られ、知的で貴族的な様子に似ず弓術等の武術にも秀でて壮健であった。

〝慶斉様はゆめ姫様のお父上である、今の上様のお眼鏡にかなうだけではなく、誰の目から見ても将軍の資質を備えておいでです〟

越前守はそう告げて、

〝ただし、この慶斉様とゆめ姫様が結ばれるのはいかがなものかと、反対する輩は当然出てきましょうな〟

さらりと続けた。

〝将軍の御正室は京の宮家や公家から輿入れなさるのが慣わしになっているからでしょう？　慶斉様も徳川、わらわも徳川では徳川が強すぎるからかも――〟

ゆめ姫は眉目秀麗で心優しい慶斉を目に浮かべた。このところ、あの夜、助けてくれた

相手に夢中で、あまり思い出していなかった慶斉ではあったが、

――妨げのある御縁のように言われると、かえって想いが募ってくるような気がする。

これって女心？　勝手すぎる？――

幼少期から過ごしてきた慶斉との時が輝いて感じられた。一方の越前守は淡々と話を進めた。

〝京の宮家や公家から輿入れなさるようになったのは、三代大猷院（徳川家光）様からです。もとよりわが上様有徳院（徳川吉宗）様は家康公にならって、将軍となってからは正室を持たず、二代台徳院（徳川秀忠）様の御正室はあの織田信長の姪御様のお江の方様、そしてゆめ姫様のお父上様の今の御正室は外様ながら富裕で知られる大名家の姫様です。歴代の上様の全てが、京から姫君を御正室に迎えられているわけではないのです。けれども、上様だけではなく、御正室様まで徳川、しかも今の上様の姫様というような結びつきはありません。先ほど、ゆめ姫様がおっしゃったように、これではあまりに徳川が強すぎて、多方面から反感を買うだろうとわたくしでも思います。この国が外敵の脅威に曝されるようになってから久しく、あちこちで暮らしに窮した者たちが一揆を起こし、幕政批判さえも持ち上がり、きな臭い匂いが漂って、幕府の威信が損なわれかけている今なのですから〟

〝そなたはあの夜、わらわが襲われた理由を知っているのでは？〟

――霊の越前守には過去も今もこの先も、森羅万象がそっくり見渡せるのだった――

〝はい〟

〝お願い、話して。わらわを襲ったのは誰なの？〟

〝大身（たいしん）旗本や一部の老中の配下の者たちです〟

——大身旗本や一部の老中ですって？——

ゆめ姫は驚愕（きょうがく）の極致に達していた。

〝だって大身旗本や老中たちは父上様に従っているはずですよ。そしてわらわはその姫なのですよ〟

〝これはわたくしが今生で大身旗本か老中だったとしての話としてお聞きください。わたくしなら、今の世相では、もう何年もせずに、徳川家に弓引く者たちが増えに増えるだろうと推測します。そしてその行き着く先は徳川の世の終わりです。そうなればわたくしたちがこの二百五十年近く、先祖代々連綿と受け継いできた、上様を頂点と仰いできたがゆえの特権が無くなります。極端に言えば暮らしが立ちゆかなくなるのです。そんな具合に先を読むと、何としても徳川の世を守らねばならないと思うはずです。とはいえ、徳川はもう我が上様有徳院様の頃ほどの力はありません。我が上様の時からこれまで功を奏したいくつかの大改革さえも、もう効き目がないのです。強さを掲げてひた走るのは危ないのです。そんな最中、唯一の拠（よ）り所（どころ）は将軍職の継承です。これは泰平だった以前にも増して重大事でしょう。間違っても、徳川に批判が集まるようなことは避けねばなりません〟

〝ということは、そなたはわらわを慶斉様から引き離すために現れたのね〟

〝回りくどい言い方をしなければそうなりますが、わたくしはゆめ姫様にこの先、お健やかにお暮らしいただきたいとも切に願っております〟

〝それはわらわが慶斉様とこのまま結ばれるとしたら、命を奪われるということ？〟

〝あの夜のことで敵が手段を選ばないことは重々おわかりでしょう〟

〝大身旗本や一部の老中の夢枕に立っているのはそなただったりして――〟

姫は珍しく毒のある物言いをしたが、

〝わたくしは町奉行大岡越前守忠相の霊でございます。分はわきまえているつもりです〟

越前守は難なく躱して、

〝夢枕とやらで言い忘れていた事柄を思い出しました。わたくしがお二人の華燭の典に反対申しあげるのは、大身旗本や一部の老中の懸念への同調だけではないのです。あなた様が将軍御正室になれれば、当然、政と関わっての夢を見られることでしょう。そして、夢による予知を慶斉様に伝えずにはいられないでしょう。そうなると、あなた様の夢が慶斉様の政への判断を左右するようになりかねません。政というのは表に出ていることだけではなしに、裏にさまざまな矛盾に充ちた事柄がひしめいているものなのです。一様な正義とか信念、愛情や人情などで仕切れるものではないのです。ひいては判断を狂わすことにもなるのではとわたくしは案じております〟

きっぱりと言い切った。

〝まるでわらわが出しゃばりな悪妻になるかのような物言いですね〟

ゆめ姫は珍しく唇を噛んだ。

〝あなた様は将軍家の姫に生まれついただけではなく、特異な夢力がおありです。これほどのものを兼ね備えられた類稀なるお方が、出しゃばりな悪妻にならずして、何になるとおっしゃるのです？〟

越前守は語勢を緩めずに言い募った。

——冷たい相手だと思ってはいたけれど、何という容赦ない物言いなの——

さすがの姫も腹が立って、

〝もう、結構。これ以上そなたとは話したくない。下がりなさい〟

拒んだところで越前守は無言になり、ほどなくすっとその気配が消えた。

三

夢治療処へ帰り着いた後、腹立ちがおさまらないゆめ姫は、

〝そなたはわらわと慶斉様の先行きを、大きな罪を犯す者と同等に考えているのでしょう。このわらわを何と心得る？　この不届き者っ——〟

心の中で叫ばずにはいられなかった。

しかし、何とも越前守からの応えはない。その代わり、閉め切った部屋の中にいるというのに、項のあたりにすうっと風が少々吹きつけてきたような気はした。

——わらわは今、父将軍を笠に着て物を言っている。でも、これはまさに悪妻の芽ね。

こんなことでは、越前守が危ぶんだように先々、絶対の権力と夢を縦横無尽に駆使する本物の悪妻になりかねない――

霊と話していると心の声までもが相手に伝わってしまう。

するとまた、項に風が吹きつけてきて、

〝我が上様、有徳院様がそのようなお言葉を発せられたことは一度もございませんでした。何しろ、将軍ともあろうお方が町奉行風情のわたくしや、一町医者の意見をおとりたてになったばかりか、一緒に仕事をなされたのですから〟

越前守がゆったりと諭す言葉を口にした。

――越前らしい嫌味だけれど今、わらわに響かないこともないわ――

姫は自己嫌悪を感じて縁側へ続く障子を開けて縁側に出た。風が強くなってきている。

――もしや――

草木好きな慶斉には木から木へと自分の魂を宿らせて移動する特技があった。大きな銀杏の木の幹の一部から慶斉の顔が浮き出てきた。

――あなたが襲われた話がわたしの耳に入ってきたのは今日の朝でした。要らぬ気を使う周囲が隠していて、ずっとおかしな気配を感じていました。周囲に内緒で江戸城内に直々の配下を忍ばせています。大奥総取締の浦路が側用人である池本方忠と話をしていたとのことでした。あなたを案じています――

――まあ、うれしい――

木に宿った慶斉とは心と心で話ができた。姫はこの時、慶斉の生き霊から自分に寄せる想いを聞きたかったが、

――聞いた話によればあなたを警護するべく、夢治療処近くに町人の形で住んでいた者たちは、手練れの忍びたちであったにもかかわらず、そのほとんどが敵に殺られたそうです。その数、相当数に及ぶとか――、あなたがご無事なのは何よりでした――

慶斉は淡々と襲撃の実態について話した。

――夢治療処の近くの商家は皆、わらわを守る者たちの住まいだったとは――

初めて聞く事実にゆめ姫は唖然として、

――藤尾も知らないのでしょう？――

そうあってほしかったが、

――守りを固めていることは藤尾も知っています。もちろん側用人の池本方忠も。将軍家側の者で知らないのは、あなたの正体を知らない池本の家の家族とあなただけです――

慶斉の応えが冷たく聞こえた。

――そんな――、教えてくれていなかったなんて酷いわ。わらわはただ市井に出て城中では学べないことを学び、夢の力で皆に幸せになって貰いたかっただけなのに――、大権現様の霊からの命でもあるのですよ――

姫は駄々をこねずにはいられなかったが、

――大権現様の命でさえなければそれはあなたの勝手な我が儘です。到底、許されるも

のではなかったでしょう。大権現様というお墨付きを得られているからこそ、あなたは市井にいられるのです。けれども、本当は今、将軍家の姫が市井で施療するなどもっての外なのですよ。あなたの命が狙われないとも限らないからです——

慶斉は冷静に話し続けている。

——覚悟はあります。わらわは夢での癒しに命を賭けてもよいと思っています——

——その潔い心構えは立派ですが間違っています。あなたは町娘ゆめではなく、将軍家息女ゆめ姫なのですから。いやしくも将軍家息女が市井で殺されたら、徳川将軍家の威信は地に落ちます。ただでさえ、揺らいできている徳川の屋台骨に命取りになるほどの亀裂を生じさせかねないのです。あなたなら、おわかりいただけるものと信じて、わたしは話しています。あなたは今、思いがけぬ襲撃を受けて心身が不安定なのです。何かが、あなたをおかしくしています。どうか、一刻も早く、常の理知に秀でつつ大局が見えて、思いやり深いあなたに戻ってください。平静さと落ち着きを取り戻しさえすれば、あなたは大丈夫ですから、大丈夫——

そう告げると大銀杏から慶斉の顔が消えた。

——何が、大丈夫なのよ——

慶斉の言い分はもっともだとは思ったものの、ゆめ姫はこのような対応をする相手に寂しさを感じていた。

——立派になられたのは喜ばなくてはならないのだけれど——

姫には新年の挨拶をしてから、双六や羽子板を一緒に楽しんだ後、庭に出て率先して一番高い木に登り、降りられなくなった時の慶斉の泣きべそ顔が愛おしかった。

――もしかして、あれは母か姉が弟に抱く感情に似ていたのかもしれない――

そしてしばし、慶斉との数々の思い出に浸っていると、

「姫様、信二郎様がおいでになりました」

藤尾が告げた。

「お入りになっていただきなさい」

姫はやや固い物言いをした。

――後で守りを知っていてわらわに明かさなかった藤尾を問い詰めなければ――

入ってきて向かい合った信二郎は、

「お世話をおかけしております」

いつものように丁寧に頭を下げた。

「お痩せになりましたね」

思わずゆめ姫の口からその言葉が出た。信二郎は頬が削げて憔悴しているように見えた。

信二郎の方は、

――そういうゆめ殿もお痩せになったご様子だが――

痩せたというのは窶れたにも通じるのでそうは言えず、

「あの骸のことではご心労をおかけしているものと思います。申しわけございません」

としか言い様がなかった。

「ごめんなさい、信二郎様から頼まれた松恵という者のことをすぐに文にしたためなくて。松恵が入っていた小石川養生所に行ってまいりました。養生所での松恵についてはお世津さんという女看病人から聞きました。今ここでお話しいたします——」

ゆめ姫はお世津から聞いた話をほとんど洩れなく信二郎に伝えた。

「片口清四郎が小石川養生所を訪れていたとはね。お世津の話しぶりでは、松恵の両親である伊勢屋が養生所の裏庭に建てた家に、片口が通っていたと見ていいでしょう。そこで何が行われていたかはおよその見当がつきます。そしてそれが松恵の死につながったのだと思います。けれども、これは全て憶測の域を出ていません」

信二郎の眉間には皺が寄っている。

「もう一度お世津さんに会ってさらに松恵さんの話を訊きましょうか？」

姫の言葉に、

「いや、それは無理でしょう。小石川養生所は奉行所の差配で、片口は奉行所から禄を得ていました。お世津も同様です。長く雇われてはいても、ただの女看病人のお世津が、雇い主である奉行所の汚点を誰かに明かすことなどあり得ません。お世津とて今はいい年齢で、衣食住に困らず、安定した手当を受けることのできる養生所での暮らし、今の職は手放し難いでしょうから」

信二郎はここで一息ついてから、

「この通りです、あなたの夢に頼るほかはないのです」

深く頭を下げた。

――ああ、そうだったわ、わらわは片口という男の骸と関わりのないおゆいさんの夢や、醜女になっていても物乞いがくれた手拭いで元に戻る夢、あの男に助けられた夜の忘れられぬ夢、何一つ、これという手掛かりにならない夢しか見ていないのだったわ。松恵さんだって片口が神隠しに遭った五年前の五月には、すでに、亡くなっていたのだから殺すことなどできはしないし――

「わたくしこそ、少しもお役に立てなくて申しわけございません」

そう返しつつ、

――信二郎様にとってわらわは所詮、夢力で事件を解決に導く駒にすぎないのだわ、きっと――

ゆめ姫の胸の裡に先ほど慶斉に感じたのとは異なる、刺さってとれない棘のような傷ついた感情が押し寄せてきた。

すると信二郎は、

「忘れていました」

微笑みながら懐に大事にしまっていた金鍔の包みを取り出して開くと、

「こんな時は甘いものに限ります」

姫に勧めた。

「それではお茶を」

ゆめ姫が藤尾を呼ぶと、すぐに藤尾は大盆に湯呑み三個と急須、茶筒を載せて部屋へと入ってきた。

四

「お藤も一緒に」

姫が促して藤尾は話に加わった。実家が羊羹屋の藤尾は菓子全般にくわしく、事件についての追及が行き詰まって、ゆめ姫と信二郎の間の気が張り詰めた時など、またとない息抜きになる話をしてくれるのである。熟知している羊羹についての事始めを、藤尾は以下のように興味深く語ってくれたことがあった。

「ようは羊の肉の汁が小豆と砂糖の羊羹になったんですよ。羊羹の元々は隣の大国の汁物で、羊の羹、羊の肉を煮た汁だったんだそうです。これ、冷めると煮凝りになってぷるんと固まります。この羊羹をこちらへ禅僧が伝えた時、禅宗の戒律では肉食は御法度ですから、小豆を羊肉の代わりに使った精進料理が、ぷるんに案を得て作られました。これが羊羹の始まりです。今人気の煉り羊羹は固めで日持ちがしますけど、初めのうち作られてた羊羹は、蒸したり、寒天で固めたりでかなりぷるんだったんですよ。あ、それから、隣国には羊肝餅というものがあるのだそうですけど、形こそ羊の胆に似てはいても、中身は砕いた糯米と黒砂糖を練った餅菓子、肉食の薬食いではないのですよ。これも羊羹事始めと関わりがあると言われています」

　その時信二郎と姫は各々、

「へえ、肉が菓子になったとは面白い」

「わたくしは是非とも、本家本元の羊の羹や羊肝餅を味わってみたいわ」

　気持ちが一時事件から離れてぴりぴり感が和み、その後、

「あっ」

　信二郎は見逃していた真相を解く鍵に思い当たり、

「まあ」

　ゆめ姫は事件に関わる白昼夢を見ることができた。

　そのことを思い出した藤尾は、この日、丁寧に煎茶を淹れて姫と信二郎に供した後、末席に座り、常になく緊迫している気を感じて、

「わたくしもお役に立ちたいものです」

　神妙に言い添えた後、

「金鍔は信二郎様の大好物でございましたね。どうか、金鍔についての蘊蓄などお話しいただけませんか？」

　大きな菓子盆に盛られている金鍔を一つ、菓子楊枝で菓子皿に取った。

「金鍔に蘊蓄？　そもそもこれは小麦粉を水でこねて薄く伸ばした生地を作り、これで餡を包み、刀の鍔のように平らな円い形にして、薄く油を引いた平鍋で全体を焼いたのです。

安いのが取り柄です。もとより羊羹のように奥が深くはありません。意外に美味いのは薩摩金鍔、芋金鍔です。四角く切った唐芋羊羹を練った小麦粉で被って焼いただけのものが薩摩流、小豆餡の代わりに芋餡を使って鍔の形にしたのが芋金鍔です。事始めと言えるほど大袈裟なものではありませんが、元々は上方で作られた菓子です。上新粉（米粉）で作った生地で餡を包んで焼いたものでした。その時は見た目の形と色から銀鍔と呼ばれていたそうですが、江戸に伝わったとたん、〝銀よりも金のほうが景気がいい〟として、金鍔という名に変えられたそうです。けれど、それがしが思うには、江戸は主に金建てで商いが行われ、大坂は銀建て、俗にいう江戸の金遣い、大坂の銀遣いが由来なのではないでしょうか」

信二郎は話し終え、藤尾はゆめ姫の方を窺い、その後二人は視線を合わせた。

――これではだめですね――

――そのようね――

――このような話は楽しまれるはずなのにどうしたのでしょうか？――

――わからないわ――

この程度までは目と目で察し合うことができたが、この先は言葉に出さなければ伝わらない。

「信二郎様、何か心打たれるお話はございませんか？」

藤尾は信二郎に姫が興味を惹かれる話をして欲しかった。

「たしかに今、それがしは今までになく知り合った相手に心が躍動させられています。その者の話ならできそうです」

切り出した信二郎はあえて俯いた。

――心の躍動って、深い想いと一緒だわ――

藤尾はしまったと思ったが、

「けれども、これはお役目と関わっての話なので頭休めや気晴らしにはならず、ゆめ殿や藤尾殿はかえって重く感じられるかもしれません」

信二郎の念押しに、

「それほど心が躍らされるお相手のお話なら、是非ともお訊かせくださいな」

ゆめ姫は無邪気に微笑んで促した。

――大丈夫なのかしら？　姫様は信二郎様にも多少の想いはおありだし、何だか心配だわ。止していただきたいけど、わたくしから言い出したことだから――

藤尾は心の中でおろおろと心配していたが、

「その者というのは骸になって見つかった片口清四郎の元妻紅恵なのです」

すでに信二郎は切り出していた。

「今は末造さんという香具師の元締めがご主人で、たとえ夫婦でお縄になったとしても、共に庇い合うだろうというあなた様の文には圧倒されました」

姫は興味を惹かれた様子であった。

「ええ、そうです」

信二郎は勢いよく相づちを打った。

「紅恵に心躍らされる理由は幾つかあります。まず茶などが世にあることも知らなかった故郷での貧窮生活。この後、女衒に買われて遊郭に売られたというのに、三膳満足に食べられるようになってよかった、助かったと思ったというのが何とも哀れでした。実は、それがしが育った家は二百石取りとはいえ、養父が世渡り下手で、著しい倹約の暮らしでした」

信二郎は今まであまり話すことのなかった養家の話に触れて、

「これは紅恵から離れて私ごとに傾きすぎますが、池本家の実子だとわかって以来、実の母上からもてなされるもの全てが大馳走に感じられ、箸を取るたびに正直涙が溢れそうになりました。それでいつも言葉に詰まってしまい、戸惑っていました」

紅恵の貧窮に自分の子ども時代を重ねた、自身の話をした。

「遊郭に売られてからも、花魁に昇り詰めるまでの苦労は並み大抵ではなかったはずでは？　遊女の誰もが望めば花魁になれるわけではないでしょうから」

ゆめ姫の方は遊女の出世戦略に大奥の女たちの栄達算段が重なっていた。遊郭については以前、藤尾に聞いておおよその知識はあった。

――どちらも女ばかりの園で女同士が腹を探り合い、裏切り合いながら、その上、男のご機嫌を窺わなければならないのは同じ――、遊女たちは夜ごとに定まらない多数の男たちに買われ、大奥の方は将軍一人。大奥の女人たちは嫌な相手にお金で身を任せることはしなくて済む。けれども、将軍の子、それも男児を産まない限り、数居る女の中の一人に過ぎず、遊女と変わらない。大奥の女たちの男児が、きっと遊女にとっての花魁への昇り詰めなのね。こんなところで打ち勝てるのは相当の女だわ——

姫は生母お菊の方が自分を産んですぐ亡くなったのは、大奥ならではの女たちの妬み、嫉みを一心に受けての心労が身体に及んだのだと確信していた。

しかし、信二郎は、

「紅恵は何年も夫婦という縁の元に片口に囚われて、心身に深傷を負ってきました。他の遊女を蹴落として花魁になるほど強い女なら、とてもそうはならなかったはずです。紅恵には元々花魁になる資質が備わっていて、あるがままにそれが花開いたのだとそれがしは思います」

やや力んだ物言いをした。

「それでも紅恵さんはたいそう賢いお方だと思います」

さらにゆめ姫は紅恵の人となりを追求した。

「今は末造から任されて、親切で篤実な口入屋を商っていますから、確かに賢い女だと思います。店の切盛りは馬鹿では出来ませんから。とはいえ、元は俄大尽の舌先三寸の片口に騙されて身請けされ、口に出すのも忌まわしいようなやり方で、さんざんその商いに利用されています。紅恵には何にも増して終生変わらない人の良さがあるのです。ゆえに紅恵の賢さは善なるものであり、悪賢さとは全く無縁のように思えます」

信二郎は言い切り、

――ここまで信二郎様は紅恵さんのことを。でも、それだけの女だから、お役目で調べているのだとわかっていても、ついつい気づかずに想い入れてしまう――これは男なら仕方がないことなのかもしれない――

藤尾はやれやれと思った。

一方の姫は、

「そうなると、紅恵さんは末造さんと出会えた運のいい女ということになるのかしら？」

無邪気な様子を変えてはいなかった。

「実は片口は次期香具師の元締めと言われていた末造を、上手く使おうとしていて、元花魁の紅恵を人身御供にしようとしたのだそうです。けれども、おそらく互いに一目会った時から運命の絆を感じたのでしょう。命掛けで愛情を育み続けよう、隙を見て片口から逃げようと決めていたようです。ですから片口が神隠しに遭ってこれほど安堵したことはなかったでしょう。骸が見つかって、それがしがそれを伝えに行った時も同様でした。あの二人が真の下手人ならば、もう五年も前のことです、きっと、もっともらしく悲しんでいるふりをしたでしょう。特にあれだけの目に遭わされていた紅恵の方は、その時の話を与力のそれがしにしたりはせず、決して疑われぬ様、わざとよよと泣き崩れてみせることもできたはずです。それがしはそんな二人の穢れのない愛の姿を戯作に書いて舞台にかけてみたい気さえします」

信二郎は知らずと大きく声を張っていた。

五

――まあ、これでは信二郎様、ご自身では気がついておいでではないけれど、戯作者のお仕事もあるということにかこつけて、すっかり紅恵さんにのめり込んでしまっているではありませんか。姫様だって気がついているはず――

気が気ではなくなった藤尾はゆめ姫の方をそっと窺った。端整なその横顔が何やら寂しげに見える。

――これは何とかしなければ――

意を決した藤尾は末造について知っている限りのことを口にしてみた。

「たしかに見栄えがよくて、辛い苦労も知ってて優しい慈愛の持ち主、観音様みたいな紅恵さんは素晴らしい女ですけど、命掛けで愛し愛された御亭主の末造さんあってのことだわ。紅恵さんをこき下ろすわけではないけれど、孤児だった末造さんの並み外れた苦労は紅恵さんの比ではないのですよ。何しろ、拾われた香具師の元締めの下で、香具師を束ねるにはまずは香具師の苦労を知ることだと言われ、並みの人には考えられない厳しい修業を積んだということですもの」

「どんな修業なのです？」

　これにも姫は興味を抱いたようであった。

「香具師とは、はっと気合いをかけて刀を抜いて、宙に放り投げられた木の枝を斬ったりする居合抜き、曲鞠、独楽廻し、綱渡りや竿のぼり等の軽業を見せる大道芸人たちのことでもあるのです。居合抜きは刀の柄と痛む歯を結んでの歯抜きに使えてお金になりますけど、他のものは芸を見せる代わりに腹痛の薬や歯磨き、のど飴等を買って貰わなければなりません。この駆け引きがなかなか難しいんだそうですよ。何しろ大道芸には技が要るし、駆け引きにはそこそこ商才がないと駄目でしょうから。先代の香具師の元締めは末造さんに大道芸人に弟子入りして、まずは大道芸人として一人前になるよう強いたのだそうです。末造さんは修業のうちでも、これが一番辛かったと後日、瓦版屋に洩らし、わたくしが読んだ瓦版にそのように書かれていました。綱渡りや竿のぼり等の軽業、うっかり失敗すると命を落としかねませんしね。でも、これだけが修業ではありません」

「まだ、あるのですか？」

　信二郎も身を乗り出した。

「ろくろ首等を扱う見世物小屋での応対や、箱の中の絵を穴から覗かせる、覗きからくり等は楽ではあるけれど、客がなかなか薬や歯磨き、のど飴等を買ってくれないので難儀だったとのことでした。風邪の薬である蜜柑やのどの薬の梨を砂糖漬けにして売ったり、白粉や口紅の小間物売り、艾で出来ている火打保口（火打石で出た火を移し取る物）売りも同様です。たやすくは売れません。そしてこうした修業の仕上げには、大勢に混じって広く上方や田舎にひたすら売り歩いたり、居合抜きの歯抜きに加えて膏薬まで売る才を身につけなければなりません。そして最後はいよいよの懐中掛香具売りです。これは武家屋敷に出入りを許されて、匂い袋等を売ることとです。相手がお武家なだけに大道芸人の技や粗雑な駆け引きは通じません。少なくとも大店の番頭ほどの所作や物腰が求められるからです。ここまでは何とかこなせても、最後の最後で進めなくなる、元締め候補は何人もいるのだとか――」

藤尾が一気に話すと、

「たしかに。大道芸の技磨きにどんな手を使っても売ればいい、あの手この手の商いぶりと、お屋敷で信頼が得られる人品骨柄とは一致しにくいものでしょうから。たとえ役者だって、なかなかこれだけの役どころを演じきれませんよ」

信二郎は感嘆の吐息を洩らし、

「たしかに凄まじい修業を越えられて、元締めになられた末造さんには頭が下がりますね」

ゆめ姫は末造を讃え、

「旦那さんが香具師の元締めでお内儀さんが口入屋なら、年齢を取って大道芸が出来なくなったり、怪我をして売り歩きが無理になった香具師に内職を紹介できるでしょうし、仕事にあぶれた身軽自慢の若者に軽業の仕事を薦めてあげることも出来ます。とかく普通の口入屋は縄張りにばかり拘っていて、困窮している香具師を除け者にしがちなので、『これは本当に世のため、人のためになってる、さすがあの末造だ』って、おとっつぁんが感心してました」

藤尾はひたすら末造を褒めた。

そして手土産の金鍔が平らげられると、

「肝心の骸の手掛かりが掴めずに盛り上がってしまいました。長い間、お邪魔してすみません」

信二郎は気がついて腰を上げた。

「とんでもない。わたくしこそ、つまらないおしゃべりばかりで、お忙しいお方をお引き留めして申しわけありませんでした。でも、こんなに楽しいお話を信二郎様や藤尾から聞けるとは思っていませんでした。末造さん、紅恵さんの絆も素晴らしいと思いましたが、香具師の仕事を初めて知って、とても興味深かったです。これはふと思ったことなのですが、あの品川宿にいる幹大さんのことで――」

姫が先を続けようとすると、

「ゆめ殿、今の話の間に白昼夢をご覧になったのですか？」

信二郎が食い入るような目を向けてきた。

――やっとですね、やっと。信二郎さま、解く鍵に気づかれたのかも？――

藤尾はゆめ姫に目くばせした。

――いつもわらわに期待されてるのはこれなのだわ、でも今は違う――

「すみません、そうではないのです。幹大さんは東西屋を飛び出した後、さまざまな仕事を転々としていたと聞いています。だとしたら、末造さんと知り合って何とか食べていける当座の仕事を得ていても、おかしくはないのではと思ったのです。末造さんから片口清四郎につながるのではないかと――。ごめんなさい、夢ではありません」

ゆめ姫は後ろめたそうに言った。

「今三十歳ほどの幹大が新太郎に怯えて東西屋から逃げたのはまだ手習いに通っていた、年端もいかない頃です。幹大がしばらく、末造の厄介になっていたとしてもおかしくありません。そしてその後、片口と知り合った末造が、駕籠舁きだった幹大を酒手をはずんでくれる片口に紹介したとしても――」

信二郎は頷いて見せてくれたが、

「でも、幹大さんと片口のつながりは駕籠舁きと上客、すでにわかっていたことです。それを末造さんが仲介していたとしても、これはいずれは香具師の元締めだけではなく、親切で重宝な口入屋も開きたいという想いの表れにすぎません。片口殺しの手掛かりにはなりません」

――相変わらず、冴えないわ。わらわは夢を見ないと駄目なのかも――

姫が意気消沈して項垂れると、

「そんなことはありませんよ。針の一穴から全てが見渡せることもあるのですから」

信二郎は慰めと悟られぬよう、さらにうんうんと頷いて帰って行った。

「お腹、空いてません？」

藤尾に訊かれた。

「そういえば――」

「姫様、金鍔を一個しか召し上がってませんでしたから。信二郎様とわたくしったら、紅恵さん、末造さんの話で夢中になってしまって、あそこまで夢中になると幾らでも食べられてしまうのですよね。全部で十五個はあったかしら、そのうち十四個はわたくしたちのお腹の中です」

藤尾はぽんと帯の下に張り出ている腹部を叩いて見せて、

「何か、召し上がりますか？」

「ええ、でも――」

藤尾はあまり料理が得手ではなかった。

「心配はご無用です。申し忘れておりましたが、朝一番に浦路様から上生菓子をお届けいただいておりました」

「知らなかったわ」

「ここのところ、姫様は沈んでおいでで、お声をかけにくいご様子でしたので――、お菓子を見ると藤尾、ついついはしゃいでしまい、止められなくなる性質なのです。それでいつ申し上げようかと思い迷っていると、信二郎様がおいでになりました」

「なるほど」

「信二郎様にお出ししようと思っておりましたが、金鍔に先を越されました。せっかくの手土産を差し置いては礼を失しますから」

「あれはあれでよかったように思います」

「それで浦路様の上生菓子がそっくり残っているのです。京で修業を積んだ、たいそう腕のいい菓子職人を雇われたのだと浦路様の文に書かれていました。浦路様は逸品を作っていた昔馴染みの菓子屋の女主が亡くなってしまってから、ずいぶん、あちこち探されていたようです。やっと探し当てられたのですね。四季を映す上生菓子は、どれもたいそう雅やかで心がほっと和みますので、何やら悩まれているご様子の今の姫様は是非とも、こちらをお召し上がりください」

「それならいただきましょう」

「今すぐお持ちいたします。お茶も抹茶の方が合います」

藤尾は鉄瓶に水を足して長火鉢にかけると、上生菓子の詰まった重箱と抹茶を点てるのに要る茶道具を運んできた。

藤尾が重箱の蓋を開けると、

「まあ、牡丹、なんて綺麗」

ゆめ姫は歓声を上げ、

「菓子とは思えない美しさに息が止まりそうでございます」

藤尾も感嘆した。

大振りで華やかな花を咲かせる牡丹は父将軍が大輪の菊同様好きな花であり、父を花の将軍と呼ぶ者もいる。花が開く頃は日差しが柔らかく、咲いた花の輪郭が鮮やかに映る。

上生菓子の牡丹は濃桃色に染めた煉り切りを茶巾で絞って、巧みな箆使いで繊細な花弁に仕立てている。牡丹ならではの大きな花しべは濃桃色によく映る、黄金色のきんとんを箆と竹串を用いて花弁の中央に仕込んでいる。

「非の打ち所のない美しさ、華やかさ、賢さ、優しさ——まるで噂に聞く紅恵さんのようだわ」

姫がふと洩らすと、

「何をおっしゃいます、それは姫様ご自身のことではありませんか」

藤尾は驚愕した。

——やはり、姫様は今までになく縮こまってしまっておられる——、紅恵さんの話を濃く熱く、信二郎様がなさったせい？　わたくしは末造さんの話で薄めて熱さを下げようとしたのだけれど、わたくしでは到らなかった？——

「いいえ、牡丹とて冬の寒さ、夏の暑さに耐えてこそ、この時季に見事な花を咲かせるのでしょう？　だとしたら、風雪を知らずに育ったわらわなど、似ていていいはずもないのです。牡丹は紅恵さん。わらわはそんな紅恵さんの足元にも及びませんよ」

姫は淡々と言いつつも、急にどう仕様もなく悲しくなって頬を濡らした。

——姫様——

藤尾まで言葉を失った。

ゆめ姫は頬を拭った後、

「一つ、そなたに念を押しておきたいことがあります。この夢治療処の近くを守りの者たちが固めていること、つい最近、その者たちが替わったことを、今までどうしてわらわに教えてくれなかったのですか？　そんなことも知らずにいたわらわは、まるで無邪気な赤子か間抜けな馬鹿姫そのものではありませんか？　どうか、これからはこの手のことは決して隠さぬように、いいですね」

打って変わった厳しい口調で藤尾に迫った。

「は、はい、わかりました、申しわけございませんでした。胆に銘じて、これからは申し上げます。ただ替わりについてわたくしは、今のところ、お役目に就く者が替わったとしか聞いておりません」

姫のかつてない強い叱責に藤尾はやや青ざめて、平身低頭した。

——ああ、でも、元気に叱ってくださる方が、しょんぼりなさっているよりずっといい——

一方のゆめ姫は藤尾が薬を盛られて押し入れで眠っている間に起きた、闇に紛れてのあの慌ただしい大惨劇が事実だとはあえて伝えなかった。

——あれほど迅速に巧みに隠蔽したのだから、替わった理由を藤尾に教えるはずもない。でも、それでよかった。真相を知ったら、どれだけ藤尾が怖がるか——、ただでさえ臆病な藤尾を怖がらせてはあまりに可哀想だもの——

六

この夜、姫は久々に長い夢を見た。

ゆめ姫は大奥にいた。

〝御台所様、御義母上様〟

義母でもある父将軍の正室三津姫の部屋に呼ばれていた。

〝そなたは何と美しく育ったのでしょう。あの世に逝かれてしまったお菊の方もさぞかし喜ばれているはずです〟

〝あの面白いガラッパのお話をまた、してくださいな〟

姫は姿見に映る自分をちらと見た。十二、三歳ほどでやっと前髪を上げたばかりであった。

義母は九州の南端にある外様大名家から将軍家に輿入れしている。

〝御義母上様のお故郷にだけガラッパがいるのですもの〟

ガラッパとは義母の故郷に伝わる妖怪で、外見も名前も河童によく似ているが、

〝河童でなどありませんよ、れっきとしたわが故郷だけにいる妖怪です〟

三津姫は言い切って、ガラッパの引き起こす悪戯と、人との関わりについて以下のように話してくれたことがあった。

〝川辺に住んで頭に皿があり、春と秋に山と川を行き来するのは河童に似ていますが、河童より手足が長く、座ると膝が頭より高くなるのはガラッパならではのもの。悪戯好きで人を道に迷わせたりする上、自分の悪口には地獄耳。必ず仕返しがあるのでガラッパの悪口は禁物。片や恩義を忘れない性格でもあり、川で悪さをして人に捕まり、もうするなと説得されて逃がしてもらった後、この川では水難が起こらなくなったということ。これについてはガランデンドンというガラッパの神がいて、戒めの文字を石に刻んでいるからだという説もあります。その神の導きを受けているガラッパたちは、田植えを手伝ったり、薬売りに膏薬の作り方を教えたり、魚採りを手伝ってくれて大漁をもたらしてくれるのだそう。ガラッパは頼もしい仲間でもあるのですよ〟

〝ガラッパは人に恋をしないのかしら？〟

ゆめ姫はこれが訊きたかった。姿形は十二、三歳なのだが考えや想いは今の姫であった。

〝河童は人の女子に恋するあまり、うっかり川に落ちて死んでしまうこともあると聞きました。ガラッパも河童同様、実は人の女子に焦がれているのでは？〟

ゆめ姫は畳みかけた。

――本当の面白さはここじゃない？――

〝そ、そうですねえ――〟

珍しく義母はどぎまぎしてやや顔を赤らめて、

〝これ以上のガラッパの話はそなたには不向きですので、わらわはとても口には出せません。それとわらわの故郷の話はガラッパだけではありません。一つ、弁天様の有り難い話をしてさしあげましょう〟

別の話を始めた。そのとたん、しばし見えている世界が闇に閉ざされ、次にはぱっと目映いまでに明るい昼日中の光の中にゆめ姫は立たされていた。

大きな長い丸形の平たい葉をつけた、背丈のある草が、何本も何本も真っ青な空に向かって伸びている。

――なんて高く育つの？　向日葵だってこれほどじゃない、見たことのない草――

そう心の中で呟いた姫はその草の先端を見下ろしていた。

――少し背が伸びたような気がする――

そもそも姫は背丈があるのだが、こんな高い丈の草を眼下にできるほどではない。

――煙草の葉ですよ。そしてここはわらわの故郷です――

声は義母三津姫のものであった。

――見つかっちゃいけないわ――

咄嗟にゆめ姫は身体を屈めて、煙草の葉の間に隠れた。

するとすぐ目の前に藤尾を従えて歩いている三津姫の姿があった。

――藤尾がどうしてここに？――

不思議に感じつつ、どうして二人の背丈が煙草の丈の半分ほどなのか不思議に感じた。

――たしかにわらわの方が義母上様や藤尾より上背があるけれど、あの二人はこれほど華奢（きゃしゃ）で小さかったかしら？――

その理由は二人がこちらを振り返ってすぐわかった。まだ二人とも十二、三歳の子どもなのだ。

――わらわだって同じよ――

煙草の葉の茂みの間から顔を出して、驚かせてやろうとして、ゆめ姫は前屈みになったまま、目の前の煙草の葉をかき分けた。

――えっ――

姫は自身の手と腕に驚いた。

――嘘でしょ――

腕は太く、手は大きく、そしてどちらも毛むくじゃらであった。

――どうして、こんななの――

泣き叫びたいはずなのに、なぜか自分のものではないその手と腕が勝手に動いた。気がついてみると、三津姫と藤尾を手中に握っていた。何と二人とも縮んで賽子（さいころ）になっていた。

――そしてこの形（なり）――

ゆめ姫はすでにもう着物など着ていなかった。漁師とも百姓ともつかない様子で腰に大（おお）徳利（とっくり）を二つぶら下げている。

〝大人しくしてろ〟

これまた自分のではない野太い声で命じながら三津姫と藤尾の賽子を摘（つ）まみ上げると、

ぽいと空の大徳利の中へと投げ入れた。

――いったい、これはどういうことなの？――

姫は煙草畑を飛び出して川辺に立った。おのが姿を川面（かわも）に映してみて仰天した。どっしりした巨体とぼさぼさ頭のいかつい顔、どこにも常の自分の顔や姿は映っていない。

――男、それもこんな男――

声を出すことができたら震え声だったろう。

この後ゆめ姫は首に縄でもつけられているかのように、元の煙草畑に戻ると、一人、二人、三人と通りかかる若い女たちを賽子に変えて大徳利に入れた。ふと、もう一つの大徳利には酒を満たしていたことを思い出した。

――酒が飲みたい――

心の声とはいえ、これはもう、男の声であった。

恐ろしげな風体の男になってしまった姫は、したたかに酒を飲んで眠り込んだ。すると夢の中でまた夢を見た。

空の大徳利に閉じ込めてあったはずの三津姫と藤尾が目の前にいた。二人とも賽子ではなく、最初見た時と同じ十二、三歳の女子である。

〝逃げおったな〟

急いで捕まえようとすると、

〝鱶九郎（ふかくろう）よ〟

三津姫が話しかけてきた。

〝わたくしたちを助けてくれるのなら、まことに良き話があります〟

〝どれほど良き話か言うてみろ〟

〝しがない人買いから大商人にのし上がれるほどの良き話です〟

知らずとごくりと生唾を吞んで、

〝ならば早く話せ〟

姫は鱶九郎の声で促した。

〝わたくしたちはここの育ちで、この辺りの事なら目隠しされていても、どこにどんな綺麗な娘がいるか、手に取るように分かっております。わたくしの言う通りになさいませ〟

三津姫は囁くように言った。

〝なるほど。ならば、わしは何をすればいい？〟

〝御存じでしょうが、このあたりの娘たちは隠れ上手なのです。あなたが煙草の葉の間に大きな身体を隠して、娘たちを捕らえることもよく承知しております。これも実はよくおわかりかと思いますが、とにかくあなたは大きすぎて、娘たちをつい見逃してしまいがちなのです。このところ、捕らえる娘たちの数が減ってはいませんか？　増やしたいとは思いませんか？〟

〝ここの若い娘たちを一人残らず捕らえたい〟

ゆめ姫の心は完全に人買いの鱶九郎のものになってしまっていた。

〝わかりました。それでは目を閉じて、このようにお唱えなさいませ。——我は小さくなれ、小さくなれ、賽子になれと——。そうすれば必ず、ここの娘たちの全てが目に入ります〟

〝わかった、やるぞ〟

鱶九郎の姫が言われた通りにすると、みるみる小さく縮み賽子になったが、手足は長く伸びていく。

——まさか、小さなガラッパになる？——

〝鱶九郎もこうなっては仕舞いですね〟

鱶九郎のゆめ姫は藤尾に摘まみ上げられ、じたばたと大暴れしたが、あえなく、酒の入った大徳利に投げ込まれた。賽子からはみだした長い手足を持て余して溺れかけ、

——苦しい、苦しい、誰か助けて。わらわは鱶九郎なんかではない、ゆめ姫なのよ、ゆめ姫——

必死に助けを求める姫の耳に二人の話し声が聞こえてきた。

〝これでやっと人買いの鱶九郎を成敗できましたね〟

藤尾の言葉に、

〝人買い鱶九郎に拐かされ売られたら最後、娘たちは海を渡り、どことも知れない南の果てで死ぬまで働かせられる、これほど酷いことはありません。故郷の恥でもあります。それでわたくしは生きているうちにこれだけは糺したいと、常日頃から思っていたのです〟

三津姫は奇妙に現実感のある受け応えをした。

〝御義母上様、今、あなた様に後光が射しています。あなた様こそ、この地の弁天様であられます〟

なぜかその声はゆめ姫のものであった。

七

――なぜ、このような夢を見るのかしら？ 誰か知っていたら教えてほしい――

夢の中で夢から醒めた姫は呟いた。見えているのは若かりし頃の義母三津姫と少女の自分であった。

〝さあ、話はこのぐらいにして軽羹饅頭を召し上がれ〟

三津姫に故郷の菓子を勧められた。

〝軽羹饅頭？〟

ふわふわしていて、山芋の風味と砂糖の甘味が合わさっている軽羹は干菓子や羊羹、上生菓子とも異なる美味であった。

〝わらわは軽羹と一緒に輿入れしたようなものなのですよ〟

義母は軽羹について楽しそうに話してくれた。

〝軽羹に欠かせないのは自然薯の粘りです。とはいえ、自然薯が不作の年もあるでしょう？ 故郷ではそういう年に限って卵の白身を使うのです。この江戸に来て、急に食べたくなって、大奥の料理番に作らせる時もそうしています。如何に将軍家の厨でも自然薯をすぐには手に入れられませんからね。第一、御台所であっても、上様ではないわらわがそのような我が儘をしては世が治まりませんから。聞くところによれば、市中では有名な料亭が、玉川まで清水を汲みに走らせて、極上の茶漬けと称し、頼んだ客に大枚の金子を払わせたとのことですが、何とも嘆かわしい話です〟

三津姫は強い気性の持ち主ではあったが、自分の立場をわきまえた聡明な御台所でもあった。

〝決め手の自然薯はどのように使うのですか？〟

〝故郷は素朴な土地柄で姫であっても煮炊きができるように仕込まれるのです。自然薯の皮は剝いてすりおろし、水を少し加えて、ゆるくします。これに砂糖を加え、徐々に残りの水を加えながら混ぜて均一にするのです。軽羹粉（米粉の一種）は最後に入れて混ぜます〟

〝あのふわふわはどうやったら出来るのでしょう？〟

〝混ぜた生地を四角い器、ほらカステーラを焼くとき使うような、それで四半刻（約三十分）ほど蒸すのです。そうすると、ふわふわの白いカステーラに似たものに仕上がります。食べる時に切り分けるのもカステーラに似ているでしょう？〟

〝もしや、軽羹はカステーラに想を得たのでは？　義母上様の故郷は長崎からそう遠くはないのでしょうし〟

〝実はそのように考えたことはわたくしもあるのですが、残念ながらそうだという証(あかし)はないのです。それにこの軽羹饅頭となるとカステーラとは似ても似つきませんし——さあさ、召し上がれ〟

〝いただきます〟

ゆめ姫は軽羹饅頭を手にとって賞味した。

〝とても美味(おい)しいです。自然薯と小豆餡とが喧嘩(けんか)してないのが不思議な感じ〟

〝軽羹饅頭は小豆餡を包み、丸く平たい形にして蒸し上げたものです。軽羹は饅頭の皮になるので、水も砂糖も減らし、やや硬く甘味の少ない生地にして、混ぜて使います。たぶん自然薯と小豆餡は相性がいいのでしょう。遠慮せずに、もう一ついかが？〟

三津姫が手渡してくれた軽羹饅頭のふわりとした感覚に、酔い痴(し)れそうになったところで、

——いけない、これは夢なのだった。それに少し前の夢にも増して、見つかった悪徳同心片口の骸とは何の関わりもなさそうな、どうでもいい軽羹三昧(ざんまい)の夢じゃないの——

慌てて目を覚まそうとすると、

〝お待ちなさい〟

聞き覚えのある声が止めた。

〝そなたでしたか〟

姫は失望の声を発した。

三津姫との場面は消え去って、白い空白を背にしてあの大岡越前守忠相が立っていた。

〝わたくしが出てきて、がっかりなさったようですが、これでも、姫様がお呼びになったから参った次第なのです〟

相変わらず越前守は淡々と告げた。

〝いつ、わらわがそなたを？〟

〝今の上様の御台所様と関わって、姫様ご自身が鱶九郎からガラッパにされる夢をごらんになった時、――なぜ、このような夢を見るのかしら？　誰か知っていたら教えてほしい――とおっしゃったではありませんか？〟

〝そなたは知っているというのね〟

思わずゆめ姫は夢の中で身を乗り出していた。

〝存じております〟

〝では今見ていた夢がいったい何を意味しているのか早く教えなさい〟

〝まず、申し上げます。これらの夢は全てこのわたくし大岡がお導きいたしました〟

〝何ですって？　そなたがわらわにあのような夢を見させたと？　いったい何のためです？　どうしてそんなことができるのです？〟

〝外様大名風情の娘が上様の御正室になる御時世は何とも片腹痛いことではございますが、何事も婚家のためと、徳川の嫁としての立場を貫かれる、三津姫様には感服させられました。どうか姫様にも、徳川のため、お家のためを思っていただきたいものだと――〟

〝それでずっと御義母上様が夢に出ておいでだったのですね〟

〝はい。それと霊になったわたくしの力では姫様のご記憶にある事柄しか、夢でお見せすることはできないのです〟

〝わらわと御義母上様があのようなやり取りをしていたことがあると？　軽羹がわらわのところへ届けられてきていたのは覚えていますが、あのようなお話をした覚えはありません〟

〝その通りです。姫様が御台所様の元へ呼ばれていたのは、三歳からせいぜい五歳の頃でしたから。ガラッパや人買い鱶九郎、軽羹の話は、御台所様のお心に忍び込んで知り得たもので、幼女のあなた様に話されたわけではありません〟

〝わらわを幼女よりも年嵩にしたのは、あれらの話を聞かせるためだったのですね〟

〝その通りです。わたくしなりに考えて、三津姫様のお人柄と共に、おわかりいただきたい話を繋げて夢に仕立てたのです。これには、あなた様や南町奉行所与力池本信二郎が手掛かりがないと、困り抜いている事件も含まれております〟

〝それではもしかして、人買い鱶九郎の話は片口の悪行と関わりがあるのでは？　そなたは霊、過ぎし日のこと、今のこと、これからのこと、何でもわかるのでしょう？　それだから、この先、無残に人を殺すとわかっている人たちに自死させているのでしょう？　片口の悪行について、紅恵さんにしていたこと以外で、わかっていることを教えなさい〟

この時ゆめ姫は越前守の速やかな応えを期待したのだが、

〝それをお教えするのは憚(はばか)られます〟

相手は返事を拒んだ。

〝まあ、なんて意地の悪い――〟

〝いえ、わたくしは意地悪で申し上げないのではありません。姫様や池本信二郎の力を信じてのことです〟

〝ということは、そなたにはわらわたちの事件解決が見えるのね〟

〝はい。人買い鱶九郎が捕まり処せられた話は、三津姫様がお生まれになる前から、父君の領地の島に伝わる伝説です。「弁天の人助け」とも言われています。また、その島に祀(まつ)られている弁天様が、歴代藩主の姫様の一人によく似ているのも事実です。弁天のような姫様が、切れ目なく、島とこの藩の守り神のように生まれつくというべきなのかもしれませんが――〟

――ようは片口の悪行は若い女ばかりを狙って掠(さら)う、悪質な人買いだったということだわ――

姫の心の中での合点は越前守にも聞こえていた。

〝そういうことになりましょうか。まあ、その者が犯した悪行のうちでも、か弱き女子(おなご)を奈落(ならく)へと突き落とすのですから、質(たち)の悪いものでしょう。それからこれだけは申し上げておきます。今わたくしが届けさせていただいたこれらの夢には、全て意味があるのだと――。それともう一つ、あなた様が事件の核心に触れる夢を見られなくなっているのにも、理由があるとわたくしは考え、今、懸命に調べております。わたくしは霊ですので人の心、場合によっては夢に分け入ることができます。相手によっては決して入れず、鉄のような扉を持ち合わせている者もいるのです。けれども、その手の者がこのわたくしのように、人の夢を操る術(すべ)を生きながらにして知っているだけではなく、あなた様から夢力を奪うことさえできたとしたら——。そして、この先、あなた様の夢力が悪く操られ、天下を危うくさせでもしたら——。そんなこともあり得るので、わたくしは将軍慶斉様の正室にあなた様がおなりになることに反対なのです。最後になりましたが、物乞いから手拭いを貰う話、あの夢はわたくしとは無縁です。池本信二郎が解いたように、あなた様をあえて醜女(しこめ)にしたのは、自分の身に起こったことのようにあなたに気づいてほしいという、切実な想いを抱いての呼びかけだったように思います〟

そこで姫の視界は漆黒(しっこく)の闇に覆われた。

それからしばらくは寝つけず、うとうととしていたところに朝日が射(さ)してきて、ゆめ姫は目覚めた。

早速、信二郎に向けて以下のような文をしたためた。

第四話　ゆめ姫は人殺し？

一

過日は興味深いお話と金鍔(きんつば)を賜(たまわ)りありがとうございました。

事件と多少関(かか)わりがあるのではないかと思われる夢を見ました。このようなものです。

そこで姫は河童(かっぱ)に似て非なるガラッパ、人買い鱶九郎、軽羹(かるかん)の夢についてくわしく記した。

人買い鱶九郎の伝説は、片口清四郎の悪行の最たるものを示しているのではないかと思います。

ガラッパと軽羹については今のところ、まるで見当がつきませんが、何とか調べてみようと思っています。

ゆめ

信二郎様

この後、このところ食が進まない姫が粥と梅干しの朝餉を摂り終わった頃、

「姫様、夢治療の患者さんがおいでです。治療が始まるのはもうしばらく後だと申し上げると、『それではまたの機会に』とおっしゃって帰られようとして、その場に倒れてしまわれたので介抱いたしました」

藤尾が告げた。

その途端、ゆめ姫は一瞬まばたいて白昼夢に見舞われた。

紫色の僧衣を身に纏い、頭を白絹の尼頭巾で被った二十歳代半ばほどの尼が蹲っている。

〝どうなされました？〟

藤尾が声をかけた。

〝いいえ、大丈夫、このところいつものことです。昼間に夢を見るのです、それで思い切って治療をと――〟

立ち上がろうとして尼はまた、崩れ落ちた。

〝お助けいたします〟

藤尾は相手に肩を貸して、

〝さあ、お入りなさいませ〟

〝ありがとうございます。拙尼は赤坂は三分坂下の慶空寺でお勤めしております良空と申

します。拙尼は五ツ（午前八時頃）には寺へ戻らなければなりません。五ツには、朝餉の後、境内の掃除を済ませた子どもたちに手習いを教えなければならないからです。ここで長く待つことはできません〟

〝わたしはここでゆめ先生の助けをしている藤尾と申します。すぐに診ていただけるよう、先生にお頼みしてみましょう。事情が事情ですから、きっと診てくださいますよ〟

こうして良空尼はゆめ姫と治療処で向かい合うこととなった。そのとたん、

――わーっ、これはいったい――

また白昼夢に襲われた姫の心が悲鳴をあげた。

目の前の良空尼は長年の修行の賜か、小皺が年輪のように顔を覆い、凛とした人を寄せ付けない孤高の気品の持ち主であった。もちろん一分の隙も心の乱れも見せていない。ところが白昼夢に見た、良空尼の面影がある少女は、声の限りに泣き叫んで助けを呼んでいる。しかもあろうことか、少女は全裸であった。

〝もう止めろっ、この先も暴れると殺すど〟

ぞっとするほど冷たい男の声がした。顔も姿も見えないが、手にしているよく切れそうな小刀だけが目に入った。その小刀からは何やら粘ついた汁が滴っている。

〝こいつも自然薯なんかじゃなかもんの血ぃを吸いたがっとるで〟

その後のことは思わず、目を覆いたくなるほど酷かった。大きな牛か馬のような男に組み敷かれる小鳥のような少女――。下半身が血塗れ――。

〝こいつだけが死なんかったんか、よか家に生まれたもんはどこもかしこも大事なとこも、ひ弱くていかん、いかん。こいつは道で拾ったが拾いもんじゃった。あん牛のごとある男に乗られて、壊れて死なんかったとはな、強か女子よ。こいでもう、孕むこともなかと。よかよか、こいでこいつぁ、よか稼ぎ頭になってくんど〟

また、さっきの男の声だった。

裸の少女は幼き頃の良空尼のままで、覆い被さる男たちの身形や髷等が替わっていく。少女はもう声が出ない、涙だけが頰を何筋も伝っていく。

「過ぎし日の悪夢をごらんになるのですね」

姫が話しかけると、

「ええ」

良空尼は目を伏せた。

「拙尼は恥多き罪深き身でございます」

「あなたの苦しみの元凶となっている悪夢をわたくしもさきほど拝見いたしました」

ゆめ姫の言葉に、はっとして顔を上げた良空尼は、

「ああ、やはり御仏のお導きなのですね。実は夢でここの看板を目にしたのです。施療院を兼ねる寺に住んでおりますので、市中のことにはとかく疎く、ここで夢治療が行われているのは知りませんでした」

「わたくしのことも知られたのは夢ですか？」

「はい」

「悪夢の中で？」

「いつも悪夢の最後に見えます。最初はこのあたりの家々なども見えていたのですが、だんだん〝夢治療処〟の看板しか見えなくなってきました。なぜか、その看板には光が当たっていて、救いのように感じました。けれども、このままだとその看板さえ見えなくなりそうで——。もしかしたらと市中にくわしい人にお尋ねしてみたところ、〝夢治療処〟は評判だと教えてくれました。夢の中だけではなく、本当にあるのだとわかり、こうして勝手にも朝早くからお訪ねした次第です。思えばあの光は御仏の印だったのですね。御仏はこのように穢れた拙尼でも見放さずにおられる、何と有り難いこと——」

水晶の数珠が掛かった手を合わせて、南無阿弥陀仏、南無阿弥陀仏と繰り返し唱えた。

涙が幾筋も両頬を伝っている。

「あなたは少しも悪くなどありません。穢れてもいません。ですので、御仏はあなたの味方なのです、もちろんこのわたくしも」

たまらない気持ちで姫は諭すように言い、

「その時のことをもう少しくわしく話してはいただけませんか？」

良空尼を促した。

「はい」

応えて涙を両袖で拭った後、

「その頃、拙尼は十四歳、生家は市中で五本の指に入る木綿問屋浅田屋を営んでおりました。木綿問屋の商いはそこそこ大きいのですが、極上の麻や絹物を扱う呉服問屋のような華やかさはありません。代々、暮らしもつきあいも、決して出しゃばってはいけない、控えめに控えめにという家風でした。三度の膳も奉公人とあまり変わりません。それが両親の誇りでしたが、年頃になり小町とも言われた拙尼は、両親の地味な考えや暮らしが不満でした。習い事に通うだけの毎日がつまらなくてたまらなかったのです。そんなある日、お稽古に必ず付き添っていた小女が、三味線のお師匠さんの家の軒下で終わるのを待っていて、気持ちよく眠り込んでしまっていました。拙尼はいい機会だと思って、一人で市中を一巡りして帰ることにしました。身体に羽が生えたような気分の良さでした」

「よほどの箱入り娘さんだったのですね」

ゆめ姫は真顔で相づちを打ち、

──まあ、姫様ったら、いつ〝箱入り娘〟なんて言葉をお知りになったのかしら？　そもそも姫様こそ〝箱入り娘〟の極みだというのに──

聞いていた藤尾は危うく吹き出しかけた。

「両親は拙尼がいい気になるからと、奉公人たちに拙尼への見栄えについての褒め言葉を固く禁じていて、それが真の箱入り娘だと信じ込んでいましたから。もちろん、美人画に描きたいという錦絵絵師の申し出も断っていました。あの時ほど両親と家風を憎んだことはありませんでしたが、今にして思えばそれが正しかったのです」

良空尼は俯いて涙を堪えた。

――今居るところから出て、違う世界を見て学ぶのは悪いことではない。大奥から市中へ出ているわらわも同じ。でも、そうした場合、この方のように取り返しのつかない地獄を見ることもあるのね。わらわがこうしてつつがなくしていられるのは、守ってくれている者たちがいてくれるからなのだわ――

この時、姫はあの夜、間一髪のところを助けてくれた美声の男のことだけではなく、夢治療処の近くに並んでいる、なんの変哲もない幾軒もの商家の軒並みを目に浮かばせていた。

「これ幸いと小女さんの目を盗んでぶらぶらなさっていた時、あなたに何が起こったのです？」

ゆめ姫は静かに訊いた。

「生まれて初めて男の人に声をかけられました。はっとするような見目形のいい男前でした。相手は越中の薬売りで杉之助と名乗りました。一目で恋に落ちました。何とも浅はかでした」

良空尼は唇を嚙んだ。

二

「どうか、そんなにご自分を責めないで。箱入り娘さんなら無理のないことです」

姫はさらりと受けて大きく頷いた。

「両国の川開きで花火が打ち上げられる日、杉之助さんと駆け落ちすることになったのです。その日はたいした賑わいで、普段から質実を旨としている両親も同業仲間とのつきあいで、毎年、料亭からの花火見物に出向くことになっていたからです。もちろん、自分たちだけ花火を楽しむのではなく、この日ばかりは早めに暖簾をしまって、奉公人たちも花火見物が楽しめるように気配りしていました。拙尼は杉之助さんから、薬売りの身では駆け落ちに要る二人分の路銀が不安なので、帳場の手文庫の中の金子をそっくり持ってくるようにと言われていましたので、その通りにしました。さすがに土蔵の中のものまでは無理でしたが、ありったけの金子や、家の中の金目のもの、たとえばおとっつぁんが信心している、金で出来た大黒様などをかき集めて風呂敷に包み、待ち合わせ場所へと心をはやらせながら走りました」

「待ち合わせ場所はどこです？　杉之助さんは来たのですか？」

「両国橋近くの林の中でした。『ここなら誰にも見つからない、先のことを話し合いながら、空高く上がる花火を二人だけで見よう』と杉之助さんは言いました。花火の息を呑むような美しさは拙尼の類稀な美しさだとも——。けれでも、その松林こそ地獄へと続く始めの一歩だったのです。拙尼としたことが——」

良空尼は唇を噛みつつ目を伏せた。

——ここでまた、思い出させるのは気の毒だけれど、そうしなければ真実への道は開けない——

「そして、その先はあなたがこのところ、繰り返し見ている悪夢のような出来事が続いたのですね」

ゆめ姫は念を押した。目を閉じるとその一瞬、さっき見えたのと同じ夢がもっと早く、走馬燈のように繰り返された。

「そ、そうでございます」

良空尼の声が掠れた。

「あなたは言葉巧みな人買いの拐かしに遭ったのです。あのような目に遭って、よくぞ逃げ出すことができたものだと思います。けれど、どうしてお実家へ戻らず、仏門に入られたのですか?」

姫は同情とは異なる賛辞を込めつつ訊いた。

「金子は言うに及ばず、身ぐるみ剝がれてあんなことをされた後、地下の座敷牢のようなところで、一時たりとも外の光を見ることを許されずに過ごしました。口のきけない煤けた顔をした女に見張られながら、日々、酷い仕事を強要されました。少しでも逆らうと革の鞭とか木の棒で叩かれます。いつしか、時がどのくらい経ったのかもわからなくなっていましたが、見張り女の一瞬の隙を突いて逃げました。あの時自分にまだ、そんな気力が残っていたのが不思議なくらいでした。外に出てみると、まだ半年ほどしか経っていないというのに、浅田屋は無くなっていました。両親も後継ぎだった兄も相次いで流行病で亡くなっていました。拙尼がいなくなった後、なぜか、急に家業が左前になって潰れてしまったのだそうです。何もかも拙尼のせいなのです。死ぬしかないと思い詰めて川岸に立っていたところを、慶空寺の先代ご住職様に止められました。ご住職様は家族の菩提をねんごろに弔い、御仏にお仕えしてみてはとおっしゃったのです。精一杯、御仏の慈悲の心におすがりしつつ、それでも、あの悪夢を見なくなるまでに十年はかかりました。それなのにまたこのような――、やはり、若気の至りとはいえ、自分の分別の無さゆえに浅田屋を潰してしまった拙尼は、あそこで死ぬべきだったのかもしれません」

良空尼はしばらくの間むせび泣いた。顔に当てられていた両手が離れて、涙が振り払われたところで、

「どうか一つ、どうしても伺いたいことがあります」

ゆめ姫は切り出した。

「あなたのお気持ち、よくわかります。けれども、悪夢が蘇ったのはあなたの御仏への信心や御家族への供養、子どもたちへの慈悲の心が足りていないせいではないと思うのです。あなたの身に起こったような不幸を、他にも身に受けた女がいて、今でも苦しんでいるのではないかとわたくしには思われてなりません。お心当たりはありませんか？」

「心当たり――」

しばし良空尼は目を宙に泳がせて、

「その方は真に拙尼に助けをもとめておられるのでしょうか？　間違いないのですね、拙

尼が明かして迷惑ということにはならないのですね？」

姫の目を初めてじっと見据えた。

「間違いありません、自分では気がついていなくても、その方はきっと助けを待っているはずです」

ゆめ姫はきっぱりと言い切った。

「それではお話しいたします。地下の座敷牢には仕切りがあって、時折、引きずられるように投げ込まれる女たちを両隣りや向かいに見ました。皆、ぐったりしていて下腹部から血を流して運ばれてくるのです。手当は一切されません。中にはそのまま目を開かず、塵のように外へ運ばれていなくなる女たちもいました。そんな中で一人、一度だけ話をした女がいました。その女が隣りの地下牢に入った時、目と目が合いました。拙尼は風邪でまだ熱はありませんでしたが、咳が出ていました。すると隣りの女は見張り女が用足しに行った隙に、拙尼に手招きして、『これを飲むといいわ、咳に効く桔梗や甘草なんかが入ってるんだから』と一粒の丸薬をくれました。この薬を貰っていなかったら、拙尼は風邪をこじらせて死んでいたかもしれません」

「その方はその後どうされたのでしょう？　一緒に逃げたのですか？」

「いいえ、何日かして、朝起きてみるともういませんでした。連れてきた人相のよくない男たちが、『あれはお栄美の仕置きだってことだよ。これで懲りるだろうって』、『ここへ連れて来られちゃ、どんな女だって、もう我が儘は言わねえだろうが』なぞと話しているのを聞きました。拙尼は逃げることができて髪を下ろした後も、助けてくれたその女、お栄美さんの無事をずっと祈っておりました。お栄美さんは拙尼と違って気丈に見えたので、酷く殺されたのではないかと思ったりしたのです。ですから、ついこの間、生きているお栄美さんにばったり、往来で出会った時はうれしくてならず、思わず駆け寄りました」

「お話はされたのですか？」

「いいえ、お栄美さん、十中八九、あの白木綿の小袖を着た女はあのお栄美さんです。なのにその女は『どなた様ですか？　わたしは看病人を生業にしているおゆいと申します。お人違いでございましょう』と迷惑そうに言いました。でも、拙尼はあの命の恩人だったお栄美さんだと今でも信じています」

　良空尼は言い切った。

――片口の手控帖にあったのと同じ名。まさかおゆいさんとお栄美さんは同じ女？

　驚いた姫は息が止まりそうになった。

――だとしたら、これでわらわがあの時、おゆいさんの夢を見て、患者の死を乗り越えられずに死のうとしたおゆいさんを助けた理由がわかった。生きていてほしいという良空尼さんの想いも関わっていたのだわ――

　そこでゆめ姫はこの話を良空尼に聞かせて、

「あの時、自害は阻めたものの、おゆいさん、いやお栄美さんが立ち直れるとは思えずにいました。やはりお栄美さんは同じ思いをしたあなたに助けをもとめようとしていたのだと思います」

　お栄美自身も気づいていないであろう、心の奥に疼き続けている傷の深さを指摘した。

「そういえば、あのような苦しい昔の出来事の夢をまた、繰り返し見るようになったのは、お栄美さんと会ってからのことでした」

「御仏に仕える道を歩んで救われたあなたに比べて、お栄美さんはまだまだ過ぎし日の重い枷に囚われているのだと思います」

「ならば、拙尼はお栄美さんのために何をしてさしあげたらよろしいのでしょうか？」

「あなたの悪夢はお栄美さんの心の傷が癒えて、平穏が訪れるまで続くことと思います。辛いことでしょうが、これに耐えて、悪夢の後、目が醒めた時、必ず御仏の有り難い読経で清めてさしあげてください。そうすれば必ずお栄美さんにも患者さんの死に挫けず、看病人として強く、逞しく生きる活力が湧いてくるはずです。これが出来るのはこれ以上はないと思われる、苛酷な悪事に弄ばれながら共に生き抜いた良空尼さん、あなただけです」

　姫が心と力を精一杯込めて話すと、

「わかりました。命の恩人だったお栄美さんのために是非とも恩返ししなければ——。頑張って必ず乗り越えます」

　良空尼の顔に初めて晴れやかな笑みが宿った。

ゆめ姫は患者として夢治療を受けに来た良空尼の苦悩が片口殺しの手掛かりに繋(つな)がっていそうだということを早速、文(ふみ)にしたため、思いを添えた。

三

夢で会ったおゆいさんが良空尼様と同じ恐ろしい思いをしていたとは、奇遇などという言葉ではとうてい片付けられません。良空尼様に忌まわしい過去を思い出させたのは、元の名をお栄美さんといった、おゆいさんだったに違いないのです。良空尼様は御仏に導かれて救いの道を歩まれていますが、お栄美さんは看病人という、時に子どもの死を看取る羽目になる辛いお仕事のこともあり、自身の心の傷を癒(いや)すことが出来ずにいるのだと思います。それで一時は立ち直っても、すぐにまた死のうとされる――。

わたくしはこれからお栄美さんの家へまいり、言葉を飾らずにお栄美さんの身に起こったことの全(すべ)てを明らかにしてくるつもりです。

またお報(しら)せいたします。

ゆめ

信二郎様

この時、姫はなぜお栄美の抱えている心の傷がどのようなものであったのか、夢に見なかったのかが不可思議であった。

――五吉さんが住んでいた長屋で、死のうとしていたお栄美さんを助けたのに、お栄美さんの深い心の裡(うち)までは覗(のぞ)けなかった。お栄美さんがおゆいさんと名を変えていたことがわかったのも、夢が教えてくれたものではなく、悪夢に戦(おのの)く良空尼の訪れによるものだった。わらわの夢力は消えてはいないが、弱まっているのでは?――

思いをゆめ姫は信二郎に伝えようか、どうしようかと思いあぐねた末、止めた。

――わらわと信二郎様はお役目でご一緒しているだけなのだから、余計なご心配をおかけしてはいけない――

文を使いの者に託した後、

「さあ、出掛けますよ」

ゆめ姫は藤尾を急(せ)かして身仕舞いを終えると、田所町(たどころちょう)にある医家長部家へと向かった。

「あのお伺いしてもよろしいでしょうか?」

ただならぬ姫の気合いに藤尾は押され気味であった。

「ええ、どうぞ」

「姫様はいったい、何をなさりに長部家へ行かれるんですか?」

「お栄美さんがおゆいさんと名を変えて実家を離れ、長屋に住んで看病の仕事をするようになった、本当の理由を確かめに行くのです。看病人の仕事を実家の采配(さいはい)でこなしているのならば、何も実家から長屋に移ることはないでしょう?」

「たしかにそうですね」

応えはしたものの、その理由が信二郎とゆめ姫が抱えている事件とどう関わるものなのか、藤尾には見当もつかなかった。

「肝心な事柄は積み重ねで見えてくるものですよ」

姫は藤尾の胸中を見透かすかのように言った。

長部家では薬草園の見える客間に通され、おゆいの姉のお弥江が茶を運んできた。

ゆめ姫たちと向かい合うと、

「ここからは茂り始めた薄荷の香りがさわやかに風に渡ってきましょう？　この薄荷の葉をよく乾かして茶葉にしたのがこの薄荷茶です。生の葉の香りよりやや渋味が加わりますが、乾かすことで薬効が強くなり、鼻詰まりの薬や胃や腸の良き助けになるのですよ」

お弥江は医家の跡取り娘らしい、穿った蘊蓄を口にしてから、

「妹おゆいのことでございましょうね」

不安でならない様子で目を瞬かせた。

「母の容態が芳しくないので、ここへ戻ってくるよう、毎日のように長屋へ使いを出しているのですが、具合の悪い患者さんのところに寝泊まりしているとのことで、このところ、一度も顔を見せていません」

「その患者さんというのは疱瘡に罹ったお子さんですね」

姫も少なからず不安になった。

「看ている子どもさんがまた亡くなったりしたら、母だけではなく、たった一人の妹にまで何かあるのではないかと――」

お弥江は肩を震わせた。

「申し上げそびれました。わたくしどもはおゆいさんのことではなく、お栄美さんのことでここへまいったのです」

ゆめ姫は仕切り直した。

「お栄美さん？　はてどなたでしょう」

お弥江は困惑気味に首を傾げた。

「妹さんですよ。今はゆいと名乗られているようですが――。それなりの理由があって、名を変えられているのでしょうが。それはともかく、どうして妹さんはお母様がお悪いのにここへ駆け付けて来ないのでしょう？」

姫の言葉にお弥江は当惑の顔色を浮かべたが、すぐに気を取り直し、

「妹ときたら、看病人の仕事一筋で、そして、患者が死ぬのは自分のせいだと責め続け、自分が看る患者は誰一人死なせてはいけないという信念の持ち主で――極端すぎる性質なのです」

お栄美への苦情に近い言葉を連ねた。

「それゆえ、お栄美さんは患者が死ぬと、自分も死にたがるとおっしゃりたいのでしょう？」

「ええ、困ったものです」

母親の看病疲れのせいか、お弥江は小さくため息をついた。

「わたくしはお栄美さんのお話をお訊きしたいのです。おゆいさんではなく、お栄美さんと名乗っていた頃も自分を責めがちで、すぐ、死にたがる妹さんでしたか？」

「とんでもない。前に妹を助けていただいた時にお話しした通り、少し我が儘なところはありましたが、そこもまた可愛くて、誰にでも好かれていました。まさに小さな人たらしで、親戚の間では、すぐにでも、良縁を得るのではないかとまで言われていたほどです。本当に屈託のない明るい妹だったのです。あのように暗く、時に物に当たって大事な医書を破ったり、大事にしていた母やわたしの持ち物を焼き捨てたりするようになったのは、父の弟である長崎帰りの叔父が、父の死後ここに住むようになってからでした」

「叔父様とお栄美さんは不仲だったのでしょうか？」

「いえいえ、妹はこの家の誰よりも叔父を慕っていました。叔父の方も我が子のように可愛がっていました。そんな叔父にも妹は包丁を向けたことがありました。そこまでされても叔父は、『年頃の娘にはありがちなことだから』と許し、妹に手こずって、くたくたのわたしと母を労って、芝居見物に行かせてくれたことさえあったのです」

「何回ぐらい？」

「一月に一、二度でした」

「そういう時、この家には誰かおられましたか？」

「父の時から仕えていたお弟子さんたちを労ってその日は休診にしていました。これも叔父の配慮です。腹違いの叔父は朴念仁だった父と異なり、臨機応変で患者あしらいと人遣いが上手な人でした。その上、長崎で習得した、たいした蘭方医術の腕もあったので、母やわたしたちは大いに助けられたと感謝しています。叔父に欠点があったとしたら、遊び好きなことでした。自分の腕で得たお金を自在に使ってしまうのです。そのせいでここは一時、患者さんが列をなしましたが、叔父が亡くなってみると未払いの薬代や料亭、遊里のツケが結構ありました。正直、払えるかしらと青くなりました。でも、まあ、叔父に仕込まれた一番弟子がわたしの旦那様になってくれていたので、少しずつ返して行って昨年完済、今は安泰です。夫は叔父に似ず、父に似て生真面目な男ですし――」

知らずとお弥江は頰を染めた。

「家計のやりくりは女の仕事のはずです。お母様は叔父様の借金に気づかれてはいなかったのですか?」

藤尾が初めて口を開いた。

――こういうことまでは庶民の暮らしを知らない姫様には思いが到らないはず――

「母は叔父に遠慮していて、気づいて気がつかぬふりをしていたのだと思います。叔父が稼いでくれていなければ、わたしたち母子はお粥さえ啜れないというのが母の口癖でした。それと――」

そこでお弥江は一息悩んでから、

「叔父は庭の木で首を括って死にました。借金を苦にしての死ではないか、やはり意見をすればよかったと母は思い続けていて、とうとう病に臥すようになったのです」

顔を伏せたまま話した。

「叔父様は借金を苦にして死んだのだと思いますか？」

ゆめ姫は間髪を容れず訊いた。

「母がそう思い込んでいるので――」

お弥江はそっと呟いた。

「あなたはどう思われるのです？」

姫は核心を突いた。

「叔父は優れた医者でした。身体も丈夫で一刻半（約三時間）ほどしか寝ずともずっと壮健でした。祭りの時には市中の若い衆と一緒に神輿を担ぐほどでした。医者であるがゆえに、不治の病に罹っていることを自ら知り、絶望して首を括ったなぞとも思えません。亡くなる前日までいい顔色でしたし。おちゃっぴいと言われている若い娘たちに、〝憧れのお医者おじさん〟なぞと言われて追いかけられてもいました。生きていれば益々元気で長生きをしたはずです。旦那様を決めたのも叔父でした。『石部金吉のこいつなら、お弥江一筋、医業を守りたてて、わしにも楽隠居させてくれるだろう』なんて言って、楽しそうに笑ってましたし――」

「お栄美さんがおゆいと名を変えてこの家から米沢町の長屋に引っ越した時、叔父さんはどんな様子でしたか？」

「妹が出て行ったのは叔父が何人かの患者さんとその家族の方たちと、大山詣(おおやまもうで)に出掛けた後のことでした。母は叔父に報せずに出て行くのは恩知らずだとしきりに諭しましたが、妹は決して聞き入れませんでした。おまけに名まで変えると言い出して」

「帰ってきた叔父様は怒って連れ戻そうとなさったのでは？」

藤尾が訊いた。

「いいえ。叔父はいつになく能面のような顔で『好きにさせればいい』とだけ言ったのです。『もういい年齢(とし)だしな』と吐き捨てるように呟きました。これがきっと精一杯の怒りの言葉だったのでしょう。母も聞いた時は驚き、『名まで変えるなんて』と寂しそうでしたが、叔父同様『お栄美が望むなら』と言いました。それからは妹がこの家に居たことなぞ忘れたかのようでした。それでも、その後も頼まれている、患者の看病人の仕事の一部も妹に廻(まわ)してくれていました。桂庵で得る仕事だけでは暮らしが苦しいだろうからって。叔父の寛容ぶりにもわたしたちは感謝していたんです」

「申し上げにくいのですが、それに大変、お心を揺れさせてしまうと思いますが、真実を申し上げます。漁色家(ぎょしょくか)の叔父様は外での遊びだけでは飽き足らず、あなたがたやお弟子さんを遠ざけ、この家でまだ少女だったお栄美さんを弄んでいたのだと思います」

言葉を選ばずに、ゆめ姫は言い切り、

「そ、そんな、まさか――」

お弥江は真っ青になって震えた。

四

「あり得ません、そんなこと。それに叔父がそこまでのひとでなしなら、母やわたしにも卑しい振る舞いをしていたはずです」

お弥江はぶるぶる震えながら懸命に抗弁した。

するとそこへ、実直そのものの目をした白い筒袖姿の四十路絡みの男が入って来て、

「お弥江、離れの母上の容態が今日は何とか落ち着いている。話もできる。母上はどうしてもおまえに話しておきたいことがあるそうだ。いつ、急変するとも限らない。聞いてあげなさい」

諭すように告げた。

小柄で痩せ気味とあって、年齢よりやや老けて見えるこの男は姫たちの方を向いて、

「弥江の夫の長部孝庵と申します。あなた様方に義妹を助けていただいたことは既に義母に話してあります。あなた様方にも自分の話を聞いて欲しいと義母は切に願っています。どうか、ご一緒いただけませんか？」

深々と頭を下げた。

こうしてお栄美の姉夫婦とゆめ姫たちは離れへと渡り、病臥している姉妹の母親お都留の前に座った。

すでにお都留は布団の上に起き上がって羽織を肩に掛けている。お弥江よりもお栄美に似たはっきりとした目鼻立ちで、病み衰えてはいても、若かった頃のきりりとした美貌が偲ばれた。

「母上、この方々が夢治療をなさっているゆめ先生と助手の藤尾さんです」

お弥江の紹介に、

「あなた様の夢のおかげでお栄美は命を救われました。ありがとうございました」

お都留は姫に向かって礼を言うと、

「あなた様には夢の力でもう何もかもおわかりのことと思いますが、何ともお家の恥で――」

言葉を途切れさせた。

――お栄美さんの急場は夢でわかったけれど、何もかも夢が教えてくれたわけではない。叔父という男の許し難い好色がぴんと来たのは、わらわが大奥で育ったせいかもしれない。父上様にとって選り取りみどりの女たち――そこであったような出来事が市井でも形を変えて起こることがあるのだわ――

「でも、そのせいで明るかったお栄美さんが心を閉ざしてしまい、ここを出ても立ち直れず、自死に及びかねない様子なのです。どうして、そうなったかを、どうかお母様の口から話してください」

ゆめ姫はお都留を促した。

「お話しいたします。旗本の家に生まれたわたしは望まれて、医家長部家の総領命益に嫁しました。その頃は旦那様には腹違いの弟宗円がいることなど知りはしなかったのです。旦那様は医者らしい穏和で慈悲深い気性でしたので、無心されるたびに宗円に小遣いを渡していました。宗円の口癖は『これからは医術は蘭方、蘭方、しかし蘭学の本は高くてかなわん』でした。本道（内科）一筋に精進してきた旦那様にとって、異母弟は眩しくも映っていて、何とか蘭方で身を立てさせてやりたいという、自分には叶わぬ夢を託したかったのだと思います。ところが――」

ここでお都留は咳込み、慌ててお弥江が吸い飲みで水を飲ませた。

「ところが――」

繰り返して戸惑う相手に、

「もしや、命益先生の死には疑いがおありなのでは？」

姫は率直に訊いた。

「まあ」

お弥江はまた青ざめて夫の孝庵と顔を見合わせた。

「命益先生は風邪で亡くなったとされています。けれども、流行風邪などではないごく普通の風邪だったそうです。それなら葛根湯で治癒できるもののはずです。兄弟子たちの間では、密かに葛根湯に猛毒が混ぜられていたという話が伝えられています」

孝庵の目に憤りが宿った。

「命益先生が亡くなって得をする者の仕業かもしれません」

藤尾が口を挟んだ。

「わたしもそう思いました」

お弥江は頷き、

「お上に検分を願い出なかったのですか？」

藤尾は畳みかけた。

「長部の家は医家です。医家の主が薬の調合を間違えて死んだ、あるいはこの家の中に師匠殺しの下手人がいる、そのどちらでも稼業にさしつかえます。その点はわたしも義弟の宗円も同じでした。宗円は、門弟たちに蘭方を手ほどきしつつ、長女お弥江が婿を取る年齢に達するまで、命益の代わりを務めるとも言ってくれました。命益が亡くなった時、娘たちはまだ十歳にもならない幼子でしたから、心細かったわたしには有り難い身内のように思えたのです。ですが――」

ここでもお都留は先を言い淀んだ。

「宗円さんの魂胆はほかにもあったのでしょう？」

ゆめ姫は父将軍と閨を共にしたとたん、さまざまなねだり事をする女たちの不謹慎を、厳しく取り締まっていた浦路の言葉を思い出していた。

「姫様、閨での女たちの手練手管に限らず、物事というのは一つ許したり、借りを作ったりしたら、どこまで勝手気儘をされるか、わかったものではないのですよ」

「ございました」

お都留は意を決して姫に顔を向けた。

「宗円が引っ越してきた日の夜、あの男は当然のことのようにわたしの部屋へ忍んできたのです」

「そんな」

お弥江は呆然として、しばし目が宙を泳いだ。

「嘘っ」

呟いて、助けを求めるかのように夫孝庵を見たが、

「実はそうした噂は相当前から、公然の秘密として、門弟たちの間で囁かれていたが、酷すぎておまえにはとても告げられなかった」

孝庵は目を伏せた。

「母上は叔父様を好いておられたのですか？」

お弥江は訊いた。

「あのような女たらしをどうしてわたしが好きましょうか？　すべてはこの家のため、娘たちのためでしたが、ある時、あの男はとんでもないことを言い出したのです」

お都留は紙のように白い顔色になっていた。

「年頃に近づいてきた娘さんたちとも同様なことがしたいとおっしゃったのでは？」

――これはたしか〝源氏物語〟で、源氏の君が母娘、両方と契ろうとするお話にあった

わ。とはいえ、同じ時に同じ家で起こる話ではなかったはず――

「ええ、その通りです。わたしは猛反対しましたが、舌なめずりをしている獣のような顔で繰り返し言ってきました。そして、ある時、『婿を取らねばならんお弥江の方は諦めた。ならばお栄美はよかろう？』と言い、その話はそれきりになりました。お栄美がすっかり変わってしまったのはそれからです。そして、わたしが何より悔いているのは、見て見ぬふりをしたことです。芝居見物をお弥江と二人に限って薦められれば行って家を留守にし、弟子たちの休みも宗円に任せました。もう、どうにもならなかったのです、この家をお弥江と婿に継がせるまでは――」

「酷すぎるわ。母上はここの安泰のためにお栄美を外道に売ったも同然よ」

お弥江は激しい言葉で母を罵ると、

「ああ、でも、まるで気がつかなかったわたしも罪深さは同じ。あの子、わたしたちが芝居見物に行くっていう日は、どういうわけか、怒ったりせずに肩を震わせて怯えた目をしてた。今にして思えば、あれは助けて、行かないでっていう印だったのね。そんな酷い目に遭っていたのにまだ、何とかお栄美が生きててくれるのは、きっと神様のお計らいだわ」

両手を合わせてしばし瞑目した後、

「わたし、これからお栄美のところへ行って、この話をお栄美にして母の分も詫びたいと思います」

お弥江は立ち上がり、

「是非そうしておくれ、このままではわたしは死んでも死にきれない」

お都留は片袖を目に当てた。

ゆめ姫と藤尾もこの場を辞することにした。

帰路、二人はほぼ無言であった。夢治療処の看板が見えてきたところで、

「心も身体も傷ついているお栄美さん、今頃、詫びられても許して癒されるものでしょうか？　いっそ、あの家からも江戸からも離れて、誰も知らないところで過去の全てを忘れて、やり直した方がいいのでは？——年齢はちょっといってるけど、お栄美さんは器量好しなんだし、いい出会いだってあるかもしれません」

藤尾が話しだした。

「わらわはそうは思いません。そういう外側からの変化では心の傷は癒えません。たとえ好いてくれる男が目の前にいても、叔父さんとの忌まわしい出来事に心身は縛られていて、相手を受け容れることはできないでしょうから」

「それではお栄美さんはあのまま？」

「いいえ、先ほどのお母様、お姉様の心からの詫びで変われる、凍てついた心が少しずつ解けてくると思います。なぜなら、お栄美さんがああなったのは、叔父様から強要されたことについて、お母様、お姉様が気づかず、あるいは気づかないふりをしていたからなのです。その時、お栄美さんは家族に見捨てられたと感じ、以後あまりの心細さから癇癪、

暴言、暴力といった手段で自分を守ってきたのですから。今はもう、一人ぼっちではないとわかれば、凍った心にも春の息吹が宿るはずです。多少、時はかかりそうですが、きっと以前のような闊達なお栄美さんに戻れるものとわらわは信じています」

ゆめ姫は言い切った。

夢治療処に帰り着いた姫は信二郎に宛てて、この首尾をくわしくしたため、末尾に以下のような文を添えた。

五

おゆいさん、いえお栄美さんの苦しみの元凶をやっと突き止めました。意味や理由もなく周囲に当たり散らしていたのではないとわかって、お姉さんのお弥江さんとの間のわだかまりも、氷解するものと思われます。

ただ合点が行かないことがあります。

どうしてお栄美さんは囚われて酷い目に遭わされていた良空尼と、地下の座敷牢で遭ったのでしょうか？　良空尼によればお栄美さんを連れてきた男たちは、〝これで懲りるだろう〟と言っていたそうです。そしてしばらくしていなくなり、長い月日を経てばったり出くわしたとのことです。

お栄美さんはおゆいと名を変えて長部家を出た後、良空尼を騙した越中の薬売りと称した男前に、同様の手口で騙されたのでしょうか？

それは違うような気がします。お栄美さんは叔父の宗円がいない留守を見計らって、引っ越していつます。お栄美さんはこれで宗円との関わりを絶つつもりだったのだと思います。そんなお栄美さんは見張られていて、良空尼たちのところへしばし拉致されたのではないでしょうか。もちろんそうするよう命じていたのは宗円です。今後、自分との間に起こったことを、決して口外しないようにと口止めをしたのだと思います。宗円がお栄美さんを遠くへ売り飛ばしたり、殺したりしなかったのは、命を救う医者の良心が多少は残っていたからだと思いたいものです。とはいえ、お栄美さんに看病人の仕事を与えて、実家通いをさせてきたのは、疑いようもなく見張りのためでしょうけれども――。

このように考えていくと、宗円と良空尼を騙した薬売りは仲間です。また、人づきあいや遊びが好きだった宗円が、同様の片口清四郎と縁があっても不思議はありません。けれども片口のことは一切、長部家の人たちの口から出ていません。せめて男前の薬売りの正体さえわかれば、そこから片口につなげることができるのかもしれませんが――。

ゆめ

信二郎様

この文を受け取った信二郎は以下のように返した。

おゆいがお栄美だったとわかって何よりです。片口の手控帖に記されていた者たちについて、今、わかっていることを調べがついた順にまとめてみました。

幹大　品川宿にて損料屋を開業、本両替屋の東西屋は親戚筋。後継ぎの新太郎に痛めつけられて片耳を潰され、今も聴こえない。東西屋の娘婿は駕籠舁きをしていた頃の相棒。その頃、羽振りのよかった片口清四郎は上客だった。新太郎は馬に蹴られて亡くなる。

松恵　銭両替屋伊勢屋の一人娘。元は元気なおちゃっぴい。天下祭りの日、神隠しに遭っている。その後帰ってきたものの、心を重く患っていて、小石川養生所で亡くなる。池で入水。治療中、女好きの中間男を簪で刺し殺しかけたことがある。片口清四郎が時折、様子を見に訪れていたようだ。

お栄美　今はおゆいと名を変えて丁助長屋に住んで看病人の仕事をしている。医家長部家の次女。実家では今は亡き叔父、宗円に犯され続けていた。それゆえ、実家では母や姉を憤懣のはけ口にしていた。その実家を離れても過去の悪夢は去らず、暗く続く回廊を歩いているがごとく少しも光が見えず、年若い患者が死ぬと自分も死にたくなる。

子どもたちの世話をしている元浅田屋の娘良空尼とは、自分とのことを口止めしたい宗円の手の者たちによって襲われ、座敷牢に押し込められた時に遭遇。今なお続く苦しみが心の叫びになって、同じ傷を持つ良空尼に伝わった。そして良空尼は夢治療処を訪れ、宗円の悪事の発覚につながった。お栄美と片口清四郎との関わりは不明だが、宗円を介しての関わりの可能性は大。なお宗円は覚悟の縊死と見做されているが、家族は疑義を持っている。

友吉　何もわかり得ていない。

こうして整理してみますと、友吉については何一つわかっていないのです。友吉のことが多少なりともわかれば、宗円と片口との関わりも見えてくるかもしれません。すでに南町奉行所同心淵野有三郎に過去の人別帖を調べるよう命じてはありますが、厖大な量でもあり、なかなか成果が出ないので今後はそれがしも手伝うつもりです。
引き続きよろしくお願いします。

信二郎

ゆめ殿

この夜、姫の枕元にまたしても大岡越前守が立った。

〝また、そなたね〟

〝恐れ入ります〟

〝何用ですか？〟

〝調べがはかどりはじめてよかったではありませんか？　しかも、あなた様は夢の力を借りずしてここまで行き着かれた、ご立派です。この越前大変感服いたしております〟

〝そうは申すが、友吉については何一つわかっていないのですよ〟

〝そのようですね〟

〝こうして出向いてきてくれるのなら、前にも言った通り、少しは役に立ってほしいものだわ〟

〝そうおっしゃられても――〟

〝きっと霊にはしていいことと、いけないこととの決まりがあるのでしょうね〟

〝仰せの通りでございます〟

〝そなた、わらわに予知の夢を見せてくれないのは、生きている魔物の仕業だと言っていました〟

〝たしかにそう申しました〟

〝でしたら、その者が何者か教えてくれてもよさそうなものです〟

〝そう出来たらよろしいのですが――〟

〝どうせ、決まりのせいなのでしょう？〟

〝いや――〟

苦渋の面持ちで応えた越前守の首には白い大蛇が巻き付いていた。ゆめ姫に向けて鎌首(かまくび)をもたげると大きく口を開いてみせた。ゆめ姫は真っ赤な奈落(ならく)に呑み込まれるかのような錯覚に陥った。ぐいと越前守の首が締め付けられている。

〝したくても出来ないのです〟

越前守の声が掠(かす)れた。

〝まさか、その魔物とは何一つ手掛かりのない友吉ではないでしょうね〟

ゆめ姫の問いに越前守はううと唸(うな)って返答ができず、大蛇の締め付けから逃れようと両手で大蛇を掴(つか)んだまま、闇(やみ)の中へと消えて行った。

この後、姫もまた、深い闇の中へと落ちていった。気がつくと、藺草(いぐさ)の匂(にお)いがする新しい畳の上に横たわっていた。周囲が少しずつ明るくなっていく。見覚えのある光景のようではあったが、ここがどこかまではわからない。

〝松恵ちゃん〟

起こしに来たお世津の顔が迫って、ゆめ姫は今居るのが小石川養生所内に建てられた家だとわかった。姫自身は三津姫の部屋に呼ばれた夢の時の年頃より少し年上になっている。ただし、髪は町娘らしい小ぶりの島田(しまだ)に結われ、

〝さあ、朝ですよ、お支度しましょ〟

お世津の助けで着替えたのは黄八丈(きはちじょう)であった。お世津の方も若く、ぴんと張った顔の肌

が艶々している。美人というほどではないが、若さゆえの潑剌とした魅力があった。

鏡台の前に座るとお世津が櫛を使って髪を結い直す。

〝松恵ちゃんはいつも綺麗ねえ〟

お世津が鏡の中の松恵に見惚れてため息をついた。

〝こんなに綺麗なんだから、ここなんかに居ないで、もっともっと楽しいことがいっぱいできるのにねえ。いいや、今はここでも、話さえできるようになれば、この先いいことがきっとあるわよ〟

そう言いつつ、お世津は目頭を手の甲で拭った。

——何とここでの松恵さんは口がきけなくなっていたのだわ——

髪が結い終わると朝餉の膳が運ばれてきた。

お世津は運んできた賄い中間が出て行くのを待って、押し入れから出してきた大きな油紙の上に膳のものを残らずぶちまけると、穴が掘られている縁の下に下り、投げ入れて始末した。

〝松恵ちゃんは大好きなこれを食べましょうね、これが毎日朝餉の代わり——〟

懐から金鍔を取りだして渡してきた。

——金鍔は好きだけれど——

一瞬、姫は毒入りではないかと怪しんだ。

——松恵さんは入水して亡くなったという話だったけれど、こうして日々、毒を盛られていたのかもしれない。となると、あのお世津さんは片口の仲間だったの？――

疑心暗鬼になっているにもかかわらず、松恵である姫は黙々と金鍔を口に運び続けた。

そして突然、夜が訪れた。松恵となっているゆめ姫はなぜか、着物のまま夜着に包まれている。目が冴えて眠れずにいた。

隣りの部屋から声が聞こえたかと思うと、姫の目は隣りの様子を見渡している。

〝上手くやってるんだろうな〟

馬面の三十路男の顔であった。ただし、その男は腰に十手を差している。

――片口清四郎だわ――

〝そりゃあ、もう、片口様、日に日に弱るばかりですよ〟

お世津が応えた。

――やはり、お世津さんは悪人の仲間だったのだわ――

〝よしっ、勿体ないから、くたばる前にもう一度味わっておくか〟

片口が腰を上げかけると、

〝変な気を起こさないでくださいよ。あたしにだって悋気はあるんですから。松恵は毒の効き目のせいで、もう今時分からうとうとしてるんです。あの娘は弱った金魚みたいなもんです。お薦めなんてできません。ずっと前みたいに片口様が無理やり抱いて、沢山血が出て、後でここのお医者に、酷い月のものだって言って誤魔化すのはめんどうなんですから。それに今や、あたしの方が松恵なんかより、ずっと美味しいと思いますけど。あの時

懲りてからここじゃ、旦那はずっとあたし一筋でしたでしょ。今晩もあたしと楽しくやりましょうよ、ね〃

お世津がしがみついて止めた。片口はお世津に引きずられるようにしてのしかかり、荒い息を立て始めた。

この時、臥していた松恵となっている姫が夜着を剝いで起き上がった。金鍔を食べたのと同じで意志とは無関係に身体が動き、足音を忍ばせて勝手口から外へと出た。

六

えっさ、ほいさ、えっささという掛け声が聞こえていて、身体が左右に揺れている。右手は吊紐（つりひも）を握っていた。ゆめ姫は駕籠に揺られていた。

――海辺へ向かおうとしているのね――

潮の匂いが鼻を掠（かす）めた。

――松恵さん、捕らわれてどこかへ連れて行かれるのではないみたいだけど――、ああ、そうだったのだわ――

松恵となっている姫は小石川養生所に建てられた家を出た後、裏手で待っていた駕籠に乗り込んだことを思い出した。

――夢の中で松恵さんになっているせいで、それほど覚えがよくないのだわ――

そうは思ったが、今までそのようなことは皆無だったので、

──やはり、白い大蛇に変われる生き霊が邪魔しているのかも──

ちらと不安を感じた。

──でも、生き霊なんかには負けない。松恵さんがこれからどうなるのか、しっかりと見極めなければ──

〝さあ、着きましたよ〟

駕籠が止まった。

〝ここまで松恵さんを連れてきたのはどんな男たち？〟

駕籠を下りて素早く駕籠舁きたちの顔を見ようとしたが、何と二人とものっぺらぼうだった。

〝こんなことも前にはなかった──〟

思わず呟くと、

〝たしかに今まではなかったでしょう〟

どこからかくぐもった大岡越前守の声がした。

〝よろしいのです、駕籠舁きの顔など見えぬ方が──、それからこの後起こることも肝心な場面さえ見えればよいのです〟

そうも越前守は言った。

〝やはり生きている魔物のせい？〟

これにはもう越前守は応えてくれず、気がついた時には弁才船(べざいせん)と呼ばれている商船の中に居た。出入口に南京錠が掛けられ、薄暗く黴臭い場所に何人もの少女たちと一緒に閉じ込められている。少女たちの顔は怯えきり、互いに肩を寄せ合っているのが精一杯のようだった。

〝ゆめ先生、ゆめ先生〟

呼ぶ声がした。

〝良空尼さん？〟

〝はい〟

〝どうして今ここに？〟

〝拙尼も夢を見ています。一緒に囚われていた娘たちの声が聞こえました。この地獄へと通じている人商い船に乗せられる時、皆、声が嗄れるほど泣き叫んだのでしょう〟

〝なるほど〟

〝ここに居てはいけません、お逃げにならなければ。お力になれるかもしれません〟

〝ええ、でも——〟

この時ゆめ姫は何ものかに引き上げられるかのように立ち上がった。

——松恵さん？——

心の中で尋ねてみたが応えはなく、

〝駄目です、駄目です〟

良空尼の声が止めたが、姫は南京錠の掛かっている出入口に立った。何と音もなく鉄で出来た南京錠が砕けて外れた。

ゆめ姫は甲板に続く階段を上がった。甲板には身形も恰幅もいい四十絡みの町人髷の男が裾を絡げた十手持ちと話していた。どちらの男の顔にも心当たりはなかった。

〝おいはこん江戸ん海の朝日が好きでごわしてな〟

町人髷の男は陽が昇りかけている水平線を指差した。よく見ると町人髷の男にはその髷が不似合いだった。

〝片口様がよろしくと〟

十手持ちは何歩も下がってかしこまっている。

〝あん人は好き者じゃの〟

〝お見送りできず、すいません〟

〝いんや、それでよか。好き者じゃから、こうして良か商いを手伝ってくださるんじゃ。江戸の女子は上物じゃで、南蛮じゃあ、どんだけ高う売れることか。よろしく言うのはこん大隅屋の方じゃっど、これからもよろしゅう頼む〟

〝伝えます〟

そこで突然、十手持ちの顔がのっぺらぼうになった。

〝そいにしてもよか眺めじゃ、海がきらきら、金が空から降ってきて、海一面が金に変わるがごとある〟

町人髷は饒舌にはしゃいだがのっぺらぼうの十手持ちは応えない。松恵となっている姫は足音を忍ばせてゆさゆさと揺れている町人髷に近づいて行った。

〝よかよか、空の金、金は空、幾らでも降ってくる〟

とうとう町人髷は浮かれきって、上半身を目一杯、甲板から海へと乗り出して、

〝金だ、金だぞ〟

陽の光を摑む仕種をした。この時であった。松恵となっている姫の両手が海へ向かって傾いている男の背中を力一杯押した。ばっしゃーんと海へ落ちる音が大きく響き渡り、全てがどろりとした暗闇に呑み込まれた。


松恵となっている姫が小石川養生所の家で目を覚ますと、お世津の優しい目がじっと見守っていた。

〝済んだのですね〟

〝ええ、あなたのおかげです〟

松恵となっている姫は微笑んだ。

〝お役に立ててよかったです〟

二人は手と手を握り合った。

——松恵さんは口が利けたのね、見張りに立ち寄る片口を欺くために、弱っている様子をしていただけだったのだわ。疑い深い片口はお世津さんに毒を盛らせず、賄い中間に任せていたのね。だから、毒が入っていたのは養生所が出す三度の膳の方で、それをお世津

さんは知っていて始末していた。片口を誘い、代わりまで務めて松恵さんを守った。よかった、お世津さんが悪人ではなくて――

そこへ馴染みのある越前守の声が聞こえた。

〝真に善なる魂の持ち主は人知れず、ひっそりと目立たずに居るものです。良き人と称される者たちが真の善人とは限りません〟

この後、夢から覚めた姫は、松恵となって経験した薩摩弁の商人、大隅屋殺しの話を信二郎に書き送った。信二郎からはすぐに以下のような返事が届いた。

大隅屋とは五年前、海に落ちて死んだ海産物問屋大隅屋次郎左衛門のことだと思います。この後、大隅屋は拐かしによる人商いと、二十年前の付け火、押し込み、惨殺の大罪が発覚、大番頭や番頭、手代たちは捕らえられて斬首となり、店は取り潰されました。大隅屋次郎左衛門は元は薩摩の士分であったとも聞いています。上様の御台所様三津姫様は薩摩の出だというのに、どうしてこのような江戸と上様に弓引くような悪事を、薩摩商人が引き起こしていたのか、憤懣やる方ない思いです。

ところで、大隅屋が松恵に突き落とされた船に囚われていた娘たちの行方は知れません。その船の行方もわかっていません。そして、若い娘たちの神隠しは増えこそしていても減る様子はありません。

考えられるのはこの後、お上の目を巧みに欺いて、この浅ましく、腹立たしい稼業が引き継がれているのではないかということです。

前記の通り、大隅屋次郎左衛門は薩摩商人です。そして、今、目立っている薩摩商人は軽羹等の菓子を売る南方屋（みなかたや）一軒です。とはいえ、軽羹の市中での知名度は低く、そうは大きくない商いの南方屋が、この恐ろしくも規模の大きい稼業を引き継いでいるとは思い難い気はします。

それから夢の中のことで、悪人だったとはいえ、大隅屋を殺した松恵になりかわっての体験は辛いものだったと思います。どうか、あまり引きずらないように――。

信二郎

ゆめ殿

この信二郎からの文を姫は藤尾にも読ませた。

「南方屋なら御台所の三津姫様がお気に入りの薩摩菓子屋ですよ。以前は大隅屋が薩摩菓子も扱ってて、三津姫様が大奥への御出入りをお許しになってたのですけど、あんなことになりましたからね」

藤尾は大隅屋の一件について知っていた。

「瓦版屋（かわらばんや）はそれほど騒がなかったんですよ。何しろ、御台所様のお故郷（くに）の商人ですから、あれほど大きな悪行でもやんやとは騒ぎ立てないよう、奉行所役人たちが厳しく瓦版屋を取り締まったのだろうって、おとっつぁんが言ってました」

「市中での南方屋の評判はどうなのでしょう？」

「何しろ、薩摩菓子ですからね」

　藤尾は持って廻った言い方をした。

「大奥での人気は？」

　さらに訊くと、

「姫様はお好きですか？」

　逆に訊き返された。

「ちょっと甘すぎるかしらね」

　ゆめ姫は知らずと首を傾げていた。幼い頃から三津姫からの軽羹や軽羹饅頭(まんじゅう)が部屋に届くと、どこかで義母上様に悪いからと思いつつ、残さず食べて、胃もたれがして、何杯も茶や白湯(さゆ)を飲んでいた。風味よりも甘さが勝っているのだ。

「御台所様からの頂き物ですから、皆、慎んでいただいております」

　藤尾やほかの大奥の御女中たちも姫と同様にやや持て余し気味のようであった。

「とかく、人は生まれ育った土地の食べ物に拘(こだわ)り続けると言いますからね。薩摩は白、黒の砂糖の名産地でふんだんに甘味を味わえるのでしょう」

　この姫の言葉に頷きかけた藤尾だったが、

「唐芋(からいも)（さつま芋）も御台所様の故郷ではたいそう美味しいものができると聞いています。このところ、御台所様は朝餉の味噌汁(みそしる)の具に刻んだ唐芋を入れたものがお気に入りで、上様にもお薦めされているとのことです。けれども、上様もお菓子に目がなく、甘すぎる薩摩菓子こそ敬遠しておられますが、カステーラやボーロ、タルタ等の南蛮菓子を日々、召し上がられているのだそうです。さらに朝から唐芋入りの汁では、甘味の取り過ぎではないかと浦路様が案じておられるという話を、風の便りに聞きました。なにぶんお年齢の上様はこの汁を召し上がった後、まだ昼前だというのに横になってしまわれることもあるのだとか——、ああでも、酷く具合を悪くされるということはないようですよ」

多少不安げに呟いた。

七

——御父上様の身体の具合が唐芋汁を召し上がると悪くなるなんて——

ゆめ姫は心配になって浦路に宛てて文をしたため、藤尾に届けさせた。

藤尾から唐芋入りの汁で御父上様のお加減が悪くなると聞きました。御義母上様の方はいかがですか？　二人とも具合が悪くなるのならこれは大変です。何とかしなければ——

ゆめ

浦路へ

帰ってきた藤尾は浦路からの文を手にしていた。

ご案じいただきありがとうございます。御台所様のお加減も上様と同様です。だるさを訴えてやはり休まれてしまうのです。本道の奥医師に診させましたがよくわからない症状とのことで、首を横に振るばかりです。

唐芋は薩摩菓子屋の南方屋を通じて、御台所様のお故郷から届く上、上様、御台所様とも唐芋汁がお好きなので、これという証がなければお止めできません。御台所様のお実家は外様とはいえ、将軍家と肩を並べられるほどのたいそうな財力を持っている大国だからです。何の証もないのにご無礼はいたしかねます。そのような事情で、どうしたものかとこのところ眠れずにおりました。本日、亥の刻（午後十時頃）、姫様のおられる夢治療処へまいります。姫様が頼りです。

浦路

ゆめ姫様

そして夜更けに、町人の内儀姿に形を変えた浦路が夢治療処を訪れ、待っていたゆめ姫と向かい合った。藤尾は廊下に控えている。

「まずはこれをご覧ください」

浦路は早速、二つの風呂敷包みを解いた。中から現れた二つの小鍋(こなべ)の中には毎朝、父将軍と義母が食しているという唐芋汁が入っている。一つの小鍋の方は淡色で白っぽく、もう一方は赤褐色であった。

「どちらも味噌汁ですが、白い方は麦麴(むぎこうじ)と大麦、大豆(だいず)を使った薩摩味噌で、御台所様がお輿入(こしい)れ以来大奥の厨(くりや)で造らせてきました。麦麴を使った麦味噌の甘口です。赤褐色の方は江戸近郊で造られる田舎(いなか)味噌です。薩摩味噌同様麦味噌ではございますが、塩味がきついのです。けれども塩煎餅(しおせんべい)好きな上様はこのお味をたいそう好まれておられます。お二人は以前から、それぞれ、一日交替で自分たちのお好きな味噌の味を分け合っておられました。具が唐芋になってからも同様です。さて、これから――」

浦路はまだ解いていなかった三つ目の風呂敷包みに手を伸ばした。ごそごそと音を立てているこの包みを解くと、仕掛けられた鼠獲(ねずみと)りの中で飢えかけている数匹の鼠がいた。鼠獲りの籠(かご)には仕切りが付いていて、鼠たちは二手に分けられている。

「ご覧になっていてください」

まずは浦路は分けてある一方の鼠たちに、薩摩味噌味の唐芋汁を小皿に取り分けて置いた。吸い付くように鼠たちは群がって平らげ、やがて動かなくなるものが出てきた。仰向(あおむ)いて手足をばたつかせているものが多い。

これが続いている間に、もう一方の鼠たちに田舎味噌味の唐芋汁が与えられた。こちらの方は動かなくなるものの方が多かった。

——やはり——

姫は背筋が凍りついた。

——こういう時こそ、平静を保たなければ——

「田舎味噌の方が濃い味で、毒の味を消しやすいので毒の量を多くしているのでしょうね。ただし、この唐芋汁は刻んだ唐芋を汁で煮て味噌を加えるのでしょう？　となると、唐芋の毒が汁に溶け出すこともあり、毒が仕込まれているのが、味噌なのか出汁（だし）なのか、唐芋なのかまではわかりませんよ」

ゆめ姫の指摘に、

「味噌と出汁は各々別個に調べました。二種の味噌だけを食べさせ、出汁だけを啜（すす）らせても鼠たちに変わりはありませんでした。けれども、ご覧になったように出来上がった唐芋汁では死んだり、死にかけたりしました。唐芋汁の味噌味の汁だけでも、また、刻んだ唐芋だけでも同様でした」

浦路はくわしく経緯（いきさつ）を説明した。

姫はあっと叫ぶ代わりに、

「それでは唐芋に毒が仕込まれていたことになるわ」

危うく南方屋の仕業ではないかと口に出しかけてその言葉を呑み込んだ。

——どのようにして毒が唐芋に仕込まれていたのか、確かめるまでは迂闊（うかつ）な決めつけはいけない——

「実は御側用人の池本方忠殿にこの旨をお話しいたしました。池本殿は大奥の厨まで運ばれてくる間に、このところの陽気が禍して、唐芋が腐ったという苦しい方便を思いつかれました。そして、これを上様と御台所様お二人に話されたのです。それでやっと、どこの誰が毒を唐芋に仕込んだのかがわかるまで、唐芋を用いた料理一切を御膳に上らせないことになりました」

浦路はほっと安堵のため息をついた。

「それは何よりですが、これからは唐芋の他にも用心が要りますね」

ゆめ姫は暗に南方屋の関与を仄めかした。

「そうなのでございますよ」

浦路は急いで相づちを打つと、

「それでも確固たる証を見つけない限り、疑いを公にすることはできません」

あえて南方屋の名は出さずに言った。

「それほど大きな商いなのですか？　以前、きついお咎めを受けた大隅屋とは、比べものにならないと藤尾から聞いていますけれど」

姫の言葉に浦路は廊下の藤尾を気にして膝を進めると、

「かの店は表向き、薩摩菓子や唐芋を売っているだけで、実は裏では御台所様の故郷の政と関わって、大金が動く稼業をしているらしいと池本殿がおっしゃっていました」

囁くように告げた。

「御父上や御義母上が狙われるのもそれゆえだと？」

「上様は歴代上様の中でもすこぶる御壮健で治世も長く、御台所様は徳川の嫁となりきり、徳川家のためによく尽くして来られました。けれども、御台所様を徳川に送り出した大名家では、この安泰が不満なのではないかと――。姫様も御存じのように、御父上様に続いて将軍になる異母兄様は大人しすぎ、その若君の甥御様は病弱の極みで、いずれ一挙に徳川家の安泰が崩れます。御台所様のお実家では天下を揺るがす勢いで、一刻も早く徳川家に追いついて、追い越してしまいたいのです」

「それで父上様、義母上様を亡き者にしてしまおうと？　でもどうして？」

――義母上様のお実家だって、婚家である徳川と睦まじくいたいと願うのではないかしら？――

「そもそも、三津姫様はお実家の政を有利にするためにと、徳川へ輿入れさせられたお方ですから。身分の高い方々の縁組みとはとかくこのようなものです」

今に姫様にもおわかりになりますと言いかけて浦路は慌てて片手で口を被った。

――それよりお二人の命をお守りするためにも、至急、確かめなければならないことがある――

「ともあれ、お二人に長生きしていただくためにも、降りかかる火の粉は払わねばなりません。わたくし、夜が明けたら南方屋に出向いてみようと思っております。姫様もご一緒においでいただけませんか？　この通りです」

浦路は頭を下げて平たくなった。

「わかりました」

ゆめ姫が頷くと、

「ああ、これで今夜は枕を高くして眠れそうです」

浦路は急にこみ上げてきた欠伸（あくび）を嚙み殺した。

翌朝、目を覚ました姫と浦路が座敷で顔を合わせた。どうしたことか、朝餉の支度がされていない。藤尾が梅干しの入ったほうじ茶を淹（い）れてきた。

「南方屋へ行かれて手掛かりを摑むには、長居をしなければ無理です。そのためにこれが朝餉の代わりです」

藤尾はしたり顔で言った。

「長居とは？」

浦路は持ち前の詰問調で訊いた。

「おいでになればわかります。わたくしもお連れいただかないと長居はできますまい。なのでお供いたします」

前垂れを外した藤尾はすでにそこそこの商家の娘らしく、萌黄（もえぎ）色の地に揚羽蝶（あげはちょう）が飛んでいる友禅（ゆうぜん）を着こなしている。

「浦路様もお着替えください」

藤尾は浦路には薄紫の地色を菖蒲（しょうぶ）の葉の裾（すそ）模様がきりりと引き締めている着物を薦めた。

「姫様はこれが一番お似合いです」

ゆめ姫は桜色の地に薄青い紫陽花の濃淡が浮かんでいる、繊細な柄行きの着物に着替えた。

「市中にいるというのにこんなにめかしこんで、いったい、南方屋とはどのようなところなのです？」

浦路に訊かれても藤尾は、

「それは行かれてみればわかります」

ふふっと笑うばかりだった。

三人は黙々と南新堀町まで歩くと、

「あそこに見えてまいりました」

藤尾が指差した先は間口は狭く、せいぜいが三間（約五・四メートル）ほどの店であった。看板はおろか、暖簾もかけられてはおらず、戸口に南方屋と書かれた変哲のない木の札がぶら下がっていた。

八

南方屋の中へと入った。白地に小豆色の字で〝自然薯入り軽羹〟、〝軽羹饅頭〟と書かれている暖簾に行き当たった。その暖簾を潜りぬけると大きな二皿に大盛りにされた、〝自然薯入り軽羹〟と〝軽羹饅頭〟が見えた。

「薩摩菓子屋の南方屋でごわす。薩摩ならではの菓子を取り揃えておいもす。これから順に食べ尽くしていただきますると、お代はいりもはん」

主と思われる、色が黒く眉の太い四十歳ほどの男が、にこにこしながら、故郷訛りと武士言葉の入り混じった言葉を掛けてきた。

――まあ、只で食べられるのね――

ゆめ姫が浦路と目を合わせると、

――只より高いものはないとも言われています。毒入りかもしれず――、わたくしがまずいただいて――

浦路は不安でならない様子になり、

――大丈夫です、わたくしが最初にいただきます、そのためにお供してきたのですから――

藤尾が〝自然薯入り軽羹〟と〝軽羹饅頭〟各々を手に取って一番手を買って出た。

「甘くて美味しい」

「本当」

「結構なお味ですよ」

三人は立っている主に微笑みを返しつつ、次に進んだ。するとまた暖簾に突き当たった。

今度は白地に〝いこもち〟と染め抜かれている。

「煎った米の粉を材料にすることから、いこもちと呼ばれています。なめらかできめの細かい白と、米粉をさらに煎って香ばしく仕上げた茶色の二種類をお楽しみいただけます」

胡麻塩頭の大番頭がかしこまって説明し、

「これでお二人とも空いていたお腹が多少はおさまってきたでしょう？」

藤尾が笑った。

さらなる先の暖簾には白地に小豆色で〝高麗餅〟とあった。どうやら店の中は暖簾で仕切られた通路のようになっている。

「小豆生餡と米粉、砂糖を煉り、丁寧にこして蒸した菓子です。高麗の名の通り、太閤秀吉様が朝鮮を攻めた際に連れて来られた職人が伝えたものです」

番頭の一人が無表情で謂われを話し、

「美味しいけれど甘いこと、甘いこと」

浦路が酸っぱいものでも口にしたかのように顔を顰めかけた。

暖簾に書かれている薩摩菓子の列は粽に似た〝あくまき〟、黒糖を使った長三角の菓子で、下駄の歯に見立てた〝げたんは〟、黒糖入りの蒸しパンである〝ふくれ菓子〟、甘酒を使った酒饅頭の一種の〝加治木饅頭〟、外郎に似た食味の〝春駒〟まで続いた。暖簾を潜るたびに説明する者は番頭、手代と変わっていくが、どの顔も無愛想であった。

「後へ行くほどお腹に溜まるわ」

藤尾と共に何とか食べ尽くしたゆめ姫はふうとため息をついた。

「わたくしは以前は、うまんまらと呼ばれていたというこれだけはとても――」

浦路は春駒を前に戦線離脱した。晒し餡・上新粉・白玉粉・小麦粉・黒砂糖・白双糖を混ぜ合わせて捏ね上げ、茶筒状に整えた後に蒸し上げた春駒は、元はうまんまらと呼ばれていた。これは馬の陰茎のことであり、浦路は三津姫から聞いて知っていたのだった。

何人かで食べ尽くしに挑んだ場合、一人でも脱落したら全員分の対価を支払わねばならないのがこの店の決まりだった。

「他の菓子屋のように食べたい菓子だけを食べたり、持ち帰ったりはできないのかしら？」

藤尾が不満を洩らすと、

「そいがうちのやり方でごわす」

いつの間にか出口に廻っていた主がわははと笑った。

――そうだわ、信二郎様は唐芋の金鍔も美味だとおっしゃっていた――

「唐芋を使ったお菓子はないのですか？」

ゆめ姫がさりげなく訊くと、

「はて、唐芋は米ん代わりに食べるもんでごわすよ」

相手の目が不審げに細められた。その一瞬、姫には唐芋の金鍔が作られている光景が見えた。仕上げには四角の型にはめ、まわりが焼かれるが、今は煉り上げられている。

〝生の唐芋は因縁がついてもう届けられんど。けんど御台さんは唐芋好きじゃっで、こいを届ければ食べなさる。上さんにも勧めっど。しっかりよく効く毒を入れんとな、よかな？〟

ゆめ姫は細められた主の目の中から外を見ていた。煉り上がった黄金色の上にぱらぱらと白い粉が振りかけられている。その一方、唐芋を蓄えている氷室(ひむろ)でにたりと笑いながら、

〝こいは長崎で手に入れた注射器とかいうもんで、薬の効き目をよくするもんじゃ。きっと毒の効き目もよかよな〟

独り言を洩らし、生の唐芋に毒を注入している場面が見えた。

南方屋からの帰路、姫がこの事実を浦路に伝えると、

「さすが姫様、ありがとうございました。急ぎ池本殿にお報せして、不届き者に罰を下していただかねばなりません」

夢治療処の裏手に待たせていた乗物で大奥へ戻って行った。

ゆめ姫はこの顚末(てんまつ)を信二郎に文で報せた。最後に今の想いを込めた一文を添えた。


やっと、役に立つ夢を見ることができるようになってほっといたしました。

ゆめ

信二郎様

すると信二郎からは以下の文が返されてきた。

大隅屋に続いて南方屋まで許せぬ悪事を働いていたとは怒り心頭に発しました。南方

屋は商人ゆえ、町奉行所で徹底的に詮議することになるでしょう。大隅屋に裁きが下った後、拐かされて行方知れずになってしまったままの娘たちや、御定法に反する人商い稼業等の真相も突き止められて、白日の下に曝すことができるやもしれません。片口清四郎の骸の発見と関わって、長きにわたり、江戸の闇をしきってきた大黒幕を炙り出せるかも――。

ともあれ、将軍家の危機を救うとはあなたでなければできぬことと感無量です。ありがとうございました。

信二郎

ゆめ殿

これを書いた後、信二郎は姫からの文を読み返した。もとより最後の一文に胸が衝かれていた。

――ゆめ殿が役に立つ夢を見ることをこれほど強くご自分に課していたとは、何ともいたわしい――

もう、ゆめ殿はそのままのゆめ殿でいい、事件に関わっての夢など見なくてもいいと、咄嗟に書き添えたくなった信二郎だったが、

――しかし、それがゆめ殿のお役目だ。そしてそれがしとの絆なのだ――

思い返して取り上げた筆を置いた。

この夜も姫は夢を見た。

三津姫の部屋に呼ばれている。ただし、前の夢のように少女ではなく、今のゆめ姫であった。浦路も一緒だった。浦路は姫の耳元で囁いた。

〝御台所様には南方屋の悪事のことはお報せしておりません。お実家からの廻し者かもしれない相手に、お命を縮められかけたとあっては、あまりにお気の毒だからです〟

――まるで夢ではなく、今、起こっていることそのものだわ――

三津姫は上座に座っている。その前に自然薯入りの軽羹や軽羹饅頭等の薩摩菓子は見当たらない。

――よかったわ、ね――

姫は浦路と顔を見合わせて安堵し合った。

――でも――

――そうでございますね――

三津姫が常になく暗い顔で憂鬱(ゆううつ)そうだった。生気が感じられず、生まれもった美しさが今も保たれているはずなのに老けた印象を受ける。その三津姫が口を開いた。

〝昔、昔の故郷での話さね〟

声が別人のように掠れ、口調も語り部に似てややぞんざいだった。

〝どんなお話なのですか？〟

ゆめ姫は先を促した。

〝あのガラッパの悪さの話だよ〟

ガラッパは三津姫の故郷で伝承されている、河童に似て非なる、ことさら足が長い独自の妖怪であった。

〝女人になって殿方を騙しては喜んだりしていたのでございましょうか？〟

浦路もさりげなく口を挟んだ。

〝それは狐だろうが――〟

三津姫はふんと鼻で笑い飛ばすと、

〝これ以上はなかろうと思われる極悪話だ。あのガラッパはもともと男で女たちを次々に犯して孕ませた。河童なら河童の子が死んで生まれるだけなんだが、ガラッパとなると、その子は母親の腹の中で胆を食い尽くして生まれる。そのせいで母親は死に、生まれた子は焼き殺そうとしても逃げ延び、あのひえもん取りの名人になるのさ〟

ははははと豪快に笑った。三津姫はひえもん取りの話もしてくれた。

〝ちなみに人の胆であるひえもんは他に類を見ない万能薬と信じられている。ひえもんを取られる相手は処刑される者と決められている。刑場に引き出された罪人を皆で取り囲み、命が尽きかけたところで、先がけていち早く、腹部を嚙み切って胆を咥え出す。そしてまだ温かい、血塗れの胆をめでたく我が物と出来たつわものが勝者となる。わらわの故郷ならではの栄えある競いですぞよ〟

そこで三津姫はぞっとするような妖しい笑みを浮かべた。立ち上がるといつしか唇が真っ赤に塗り変わっているだけではなく、大きく結った髪に何本もの簪や笄の類いがこれでもか、これでもかと挿さっている。

〝こんな横兵庫、御台所様ではありません、御台所様のお姿を借りるとは何と無礼な──〟

浦路が叫んだところで姫の見えている世界が変わった。

九

ぷんと酷い黴臭さが鼻を突いた。女たちの声が話しかけてくる。

〝こっち、こっち〟

〝地下よ、地下〟

〝あのね、地下には突き当たりにある納戸からしか入れないの〟

〝納戸は厨の隣りよ〟

〝早く、見つけて〟

〝見つけて〟

奥へと廊下を歩いているとか細く赤子の泣く声が聞こえてきた。

〝ごめんね、ごめんね〟

〝お腹空いたよね、お乳欲しいよね、ごめんね、ごめんね〟

女たちが赤子に話しかけている。

〝ほんとは産んであげられなくてごめんね〟

〝ごめんね、ごめんね〟

ゆめ姫は納戸の前に立った。中へと入って、長持(ながもち)を幾つか廊下に出すと四方の壁が見えてきた。たしかに引き戸があった。壁に嵌(は)め込まれている。長く使われていないので開けにくいのではないかと懸念したが、意外にも楽に引けた。地下へと階段が続いている。

〝やっと来てくれたのね〟

〝助けて〟

〝せめてお腹の子だけでもお願い〟

階段を下り終わった姫は思わず、両の袂(たもと)を鼻と口に当てた。黴と埃(ほこり)の匂いに混じってたまらない異臭が籠(こ)もっている。

——酷い臭(にお)い——

思わず心の中で呟くと、

〝そんなこと言わないで〟

〝骸(むくろ)になれば誰でもそうなる〟

〝殺されて放(ほう)って置かれたのよ〟

〝お腹の赤子も一緒だった〟

〝殺された〟

〝酷く殺された〟

〝このままじゃ、光に導かれて仏様に会えない〟

〝綺麗な蓮池、子どもに見せたい〟

〝だから、見つけて〟

〝ここよ、ここよ〟

ゆめ姫は薄暗がりの中で四方の壁を見廻した。壁は分厚く石灰で塗り固められている。

——ここにも仕掛があるのかも——

〝そうよ、そうよ〟

突然、背後の壁から石灰の破片がばらばらと飛んできた。振り返ってそこを見据えると壁の石灰の色が他と比べて白い。

——もしや、ここに——

そう思ったとたん、

〝その証、今見せてあげるけど怖がらないでね〟

破片を飛ばした痕からだらり、だらりと鮮血が滴り始めた。

——やはり、そうだったのね——

〝ああ、やっと見つけてくれた〟

〝ありがとう〟

〝うれしい〟

〝よかった〟

四方の壁からの声が谺のように地下に響き渡った。

目を覚ました姫は信二郎に向けてこの夢の一部始終を書き届けた。事件に関わる夢とわかっているので何も書き添えなかったが、

――少し寂しい気もするわ――

我ながら感情とは勝手なものだとゆめ姫は苦笑した。

すると五日後には以下のような文が返ってきた。


あなたの見た夢の場所はかの海産物問屋だったところでした。お話ししていたように、そこの裏手では、氷室代わりに使われていた洞窟があり、片口清四郎の骸が見つかっていました。

持ち主の味噌屋の元吉に因果を含め、それがしが采配して、急ぎ南町奉行所の廻り方同心全員でそこをくまなく調べました。あなたが夢で見たように、この廃屋には納戸から続く階段を下りると地下があり、そこの四方の壁には沢山の女と赤子が埋められていました。今、八体までを数えていますが、まだまだ発見されるのではないかと思われます。

あなたが夢で下りた階段とは別に、客を泊めたと考えられる部屋に続く階段もありました。拐かされた娘たちは客の慰みものとなった挙げ句、子を孕むと殺されて壁の中に棄てられたのでしょう。これほど酷い悪行をそれがしは知りません。

新しい命まで奪う、これほど極まった悪行は比類なきものだとして、さらなる詮議が進められることになり、ここの前の持ち主であった海産物問屋立花屋庄平なる者についての調べがつきました。あろうことか、そんな者はいなかったのです。またこの廃屋同然の店の管理に片口清四郎が関わっていたことも判明しました。当人の骸が出てきた時でも、この廃屋との関わりは表に出なかったのですから、何ともおかしな話です。

残念なのは南方屋の主仁兵衛が縛につく前に、毒の仕込みを強要していた菓子職人を巻き添えに自死してしまったことです。これで上様、御台所様のお命狙いの罪状は追及できなくなりました。

とはいえ、他の罪状については奉公人たちから詳しい話を訊くことができました。包み隠さず話せば、八丈送りにして死罪からは免れさせると大番頭以下に持ちかけたところ、皆、洗いざらい、知り得ている事実を話したのです。南方屋仁兵衛は表向き許されていない金貸しをしていただけではなく、潰れかけている店の買い取り仲介にも熱心で、何とここへも出入りしていたのです。当然、娘たちの拐かしや客取り、船での遠方への売り飛ばしの話も洩れ聞いていたとのことでした。そして、驚くなかれ、南方屋仁兵衛がこれらを引き継ぐ前は大隅屋次郎左衛門が同様にここへ出入りしていて、同様の悪行を働いていたとわかりました。

ここでふと気になったのは、南方屋仁兵衛はどのような手を使って、大隅屋次郎左衛門が海に落ちて藻屑になった後、後釜になったのかということでした。大隅屋の死は片口清四郎がいなくなる前ですから、片口がたっぷり甘い汁を吸っての仲介かもしれません。あるいは御台所様のお実家の計らいとなると、これは政と関わっての大問題ですが、上様、御台所様への毒殺疑惑同様、南方屋仁兵衛の死によって追及はできなくなりました。そしてそもそも、ここまでのことになると、それがしたち町方の分ではありません。それがしたちのお役目は片口清四郎殺しの下手人探しなのです。そやつを突き止めれば片口の犯していたさらなる悪行、まだお上の取り締まりやお裁きから免れているその広がりを一網打尽に出来ると思うのです。もっとも当時江戸に出てきていなかった南方屋仁兵衛は、大隅屋次郎左衛門は言うに及ばず、片口の死にも全く関わっていません。やはり、片口殺しの下手人は幹大、栄美、松恵、友吉と関わっているか、この中に居るとそれがしは確信しています。

そう思ってこの四人――正確には友吉にはまるで手掛かりがないので、三人ですが――について、さらに生い立ちや事情を詰めてみたところ、以下のようなところが共に通じていることに気がつきました。

幹大　本両替屋東西屋の遠縁　幹大の片耳を潰した東西屋新太郎は三年前、馬に蹴られて死亡。今、東西屋は新太郎の妹夫婦が継いでいる。入り婿の佐野吉は幹大が駕籠舁きをしていた時の相棒である。

お栄美　長部命益の次女　命益の弟宗円に幼い頃から恥辱を受け続け、口止め代わりの脅しに拐かした娘たちばかりの隠れ廓の地下牢に囚われていたこともある。今は亡き宗円と片口、大隅屋との親交が発覚。宗円が生きていた頃は、たびたび薬箱の中から阿片、鳥兜等の劇薬が消えていたとは弟子の言である。遊び好きの宗円は分不相応の遊びにありつくために、これらの薬を渡して悪党たちと持ちつ持たれつになっていたのではないかと思われる。この大事な商い相手か、格段の銭を積む好き者たちのための地下牢の隠し廓は、今は取り壊されてしまっているが、その残骸が残っていたことから、大隅屋、南方屋、片口が出入りしていた海産物問屋の廃屋にあったと見做される。

松恵　良心のある銭両替屋の一人娘。南方屋の一件により徹底した調べができるようになり、離散していた銭両替屋伊勢屋の元奉公人から、片口に結構な駄賃を貰い、三味線の稽古等の外出の折、師匠や先方に断りを入れた上、松恵を片口の待つ出合茶屋に連れて行っていたとの話を訊き出せた。元奉公人の話では、『松恵には――誰かに話したりしたら、おまえの両親が捕まって首を刎ねられる、汚れた身体になったとわかってしまったおまえにも一生婿なぞ来ない――と脅してある。おぼこで世間知らずだった松恵はすっかりその話を信じきって、ずっと怯え続けているから大丈夫』と片口はうそぶいていた。その松恵はゆめ殿によれば大隅屋次郎左衛門を殺している。殺すのならば片口では？　しかし、松恵は片口がいなくなる前、小石川養生所入所中に死んでいる。

ちなみに銭両替屋にしては大きかった伊勢屋は主夫婦の死後、本両替屋東西屋が買い取っている。

こうして見てくると幹大、お栄美、松恵は共に酷い目に遭わされています。それで幹大が東西屋新太郎を、お栄美が宗円を、松恵が片口清四郎を殺す理由はあるのですが、ゆめ殿の夢でわかっているのは松恵の大隅屋次郎左衛門殺しです。

松恵が片口と大隅屋次郎左衛門が結んでいるのを知っていたとはあまり考えられません。百歩譲ってもまずは片口を殺すでしょう。

このあたりの謎(なぞ)を解くには友吉についての手掛かりが何としても要るのです。南方屋仁兵衛の一件がぼちぼち一段落しそうなので、本腰を入れて友吉探しに精を出したいと思っています。

信二郎

ゆめ殿

この文を読んだゆめ姫は、

——友吉さん——

心の中で呟いてみた。すると突然、目の前が真っ暗になり燃えさかる炎と崩れゆく家屋、逃げ惑う人々の姿と、白い大蛇に首を巻きつかれながら、ぜいぜいと喘(あえ)ぎつつ、

——ひ、姫様、せ、正義ですぞ、まだ——まだ——正義が足りておりません、せ、正義が。き、享保二年、さ、三年、ご、五年——

必死に話しかけてくる大岡越前守の姿があった。もがき苦しみつつ指差す先は何と忽然と現れた南町奉行所であった。

十

姫はこの後、慌てて越前守の霊からとは断らず、その言葉を信二郎に報せた。

大火事と関わって享保二年、三年、五年に意味があるような白昼夢を見ましたが——。　ゆめ

信二郎様

使いの者は以下のような信二郎からの返事を持ってきた。

享保二年（一七一七年）、一月二十二日（三月四日）に市中は大火事に見舞われています。翌三年、町火消を作るよう御下命があり、五年に、大川の西側にいろは四十七組（のちに四十八組）、東側の本所、深川に十六組が作られました。いわゆる八代有徳院様による享保の改革の一部です。この偉業の立役者は町奉行の職にあった大岡越前守忠相

様です。

百年以上も前の大火事に意味があるとは思えませんが、今から六年前と二十年前には火事が起こっています。

　六年前の火事は大風による乾きがもたらしたものでしたが、二十年前のは盗賊による付け火で目的は押し込みでした。二十年前の付け火、押し込みについては奉行所に吟味帳がありました。付け火されたのは通塩町の油問屋斎藤屋で主一家を始め、奉公人全員が惨殺されました。

　この吟味帳を読んでいると、今は臨時廻りをしている年配の同心が、『殺されて黒焦げになった骸の中に主の倅の名がないな』と思い出しました。思わず、『友吉という名だったのでは？』と訊いてしまいましたが、『そこまでは覚えていない』とのことでした。しかし、人別帖で友吉だとわかりました。

　一方、六年前の火事で焼け出された人たちは、浅草の万福寺で親身な手当や世話を受けていたそうです。その際、万福寺の住職は集まってきた町人たちの名を一人残らず、きっちりと記して南町奉行所に差し出したはずだとこの同心は言っていました。ですが、どんなに探しても見当たらなかったようです。片口の骸と手控帖が見つかって以来、ずっと幹大やお栄美、松恵、友吉について調べさせていた、定町廻り同心の淵野有三郎は首を傾げるばかりでした。

　どうして、あったはずの記録がなくなってしまったのでしょうか？　それがしは気になって仕方がありません。

お栄美の長屋と松恵の実家だった伊勢屋はそう遠くはありません。幹大が一時養われていた東西屋は反対の方角にありますが、すでに飛び出していて、お栄美や松恵の家に近い長屋に住んでいて火事に遭ったとしたら？

そして、斎藤屋の倅友吉が生きていて、幹大同様、火事が起こった周辺に居たとしたら？

もしかしたら、今までばらばらに生きてきたかのように見えていたこの四人は、大火事という難儀を共にしていたのでは？　そして、それこそ、全ての謎を解く鍵なのではないかという気がしてきました。

何かわかりましたら、すぐに報せます。

信二郎

ゆめ殿

この夜、姫は期待通り夢を見た。それは白い大蛇と大岡越前守の夢だった。

――わらわは夢治療処の座敷に座っていて、見慣れた長火鉢が見えているけど、やはりこれは夢なのだわ――

その証に霊の越前守が半白の髷を上下左右に振りながら、あたふたと幻の白い大蛇から逃れようとしていた。

──わらわにはあれは大蛇に似せたただの煙だとわかっているのに、越前にはわからないのだわ。教えてあげたいけれど、ああ、駄目、話しかけることができない──

そんなゆめ姫には床の間で大きなとぐろを巻いている白い大蛇が見えている。決して目を離さずにしばらくじっと見据えていた。

〝お願い、もうわたしをそんな目で見ないで〟

大蛇は弱々しい女の声で乞うた。

──もしかして、拐かされて苦しんでいる娘さんが他にまだいて、助けを求めているのかも──

そう思いそうになったが、

──そんなわけない。もしそうだったら、霊の越前をこのように苦しめることまではできない、しないはず──

すぐに思い返して凝視を続けた。

〝お願いです、お願いです〟

相手はしばらく乞う言葉を呟いていたが、

〝これでも助けてはいただけないのですか?〟

するっと一枚、白い表皮を自ら剝いで見せた。その下も白く、そこには──この女玩具につき使い勝手自在──と刻まれた文字が黒く浮かび上がった。その文字がゆめ姫に向かって大きく迫ると、何やら切なく、胸の辺りがきゅっと痛んだ。陥ったたまらない気持ちの中に止めどもない熱い感情がある。しかし、この想いには違和感があった。

――これはわらわの想い？　もしかして――

姫はよく磨かれている黒い漆の文箱に自分の顔を映してみた。

――まあ、信二郎様――

信二郎の驚き、思い詰めた顔だった。

――信二郎様には事件に関わって、わらわに話しづらかったことがあったのね――

合点したゆめ姫は白い大蛇から一時も目を離すまいと決めた。

〝こんなことをしていると、役に立つ夢など一切見られないようにしてやる〟

大蛇は苛立って鎌首をもたげて威嚇してきた。姫が無言を続けていると、

〝越前守が二度とこの世へ出て来られなくなってもいいの？〟

さらなる脅しをかけてきたが、

〝姫様、ここで負けてはなりません〟

越前守は力を振り絞って息絶え絶えの声を出した。

――このあやかしに勝つには何か手立てがあるはずだわ。信二郎様でさえも惑わされる敵の決め言葉が〝この女玩具につき使い勝手自在〟なのだとしたら、これを破ることができれば勝てるかもしれない――

ゆめ姫が逡巡していると、

〝駄目、駄目、あなたの心の裡はお見通しよ。わたしへの嫉妬、嫉妬、嫉妬、わたしに見

えていないとでも思っているの？〃

相手は唄うように嘲笑った。

咄嗟に姫は念じた。

〃――この女玩具につき使い勝手自在、悪しき生き霊よ、夢使いよ、成敗、退散、成敗、退散――〃

すると、どうだろう。大蛇はもたげた鎌首を引っ込めると、その姿が少しずつ縮みはじめて遂には消え去った。越前守に取り憑いていた大蛇の幻もすでに無くなっていた。

――これでやっとわらわは常の夢力を取り戻せたわ――

ほっと安堵して目が醒めた。

そこへ信二郎からの文が届いた。文には淵野有三郎のことが書かれていた。


とにかく、奉行所の書庫には厖大な記録が残されているので、残念ながら六年前の火事の記録はまだ見つけ出せていません。

ともあれ、今まで淵野有三郎は辛抱強く、よくやってきてくれていると思います。見つからないのは自分の調べが悪いからだとひどく落ち込んでいたので、昨夜、淵野を誘って居酒屋で酒を酌み交わしました。

話していくうちに、それがしと淵野は共に養家で育っていることがわかりました。幼子だったそれがしは爺やに連れられて行った凧揚げの場で連れ去られ、同じく幼子だった淵野は夜中、なぜか市中を彷徨っていて、手を握ってくれたのが幸いにも八丁堀の同心だったのです。

淵野は夏の花火を見たと言っていましたが、それは二十年前の付け火による、火事だったのではないかと思われてなりません。幼い頃は何でも大きく、あってほしいように見えるものですから。

意を決し、淵野について調べようと思っています。

信二郎

ゆめ殿

これを読んだ姫は次の刹那、瞬き一つで白昼夢に見舞われた。

汐留橋が仰ぎ見える川辺であった。二十歳代半ばの同心が血の付いた刀を手にしたまま、匕首が突き刺さった腹部から血を溢れさせて倒れていた。近くには一刀両断に斬り捨てたと思われる男がすでに白目を剝いて死んでいる。

——今は老けてはいるけどあの時の男——

死んでいるのは、姫が松恵となって大隅屋次郎左衛門を船から海に落として殺した時、そばにいた岡っ引きだった。

〝しっかりして〟

咄嗟にゆめ姫が駆け寄ると、

〝まさか、もうここが地獄では？〟

同心はふっと笑って、

〝もとより天上に行ける身などとは思っていません。それにあなたのような女(ひと)が迎えに来た地獄の鬼だとは思えません〟

ふふふとさらに笑い続けた。

〝長く話すと身体に障ります〟

同心の腹部から絶え間なく血が流れ出ている。

十一

〝わたしは淵野有三郎、実は皆さんが血眼で探していた油問屋斎藤屋の倅、友吉です。家族や奉公人たちが酷く殺された時、押し入れに隠れていて運良く生き延びた友吉です。こやつを殺して、憎き親の仇(かたき)をやっと討てましたが不覚にも返り討ちにされてしまいました〟

友吉を名乗る淵野は苦しい息の下で告げた。

〝どうか、これを、秋月様、南町与力様にお渡しください〟

血にまみれた文を姫に渡し終えると淵野こと友吉はがくりと頭(こうべ)を垂れて絶命した。

この旨を急ぎしたためて使いに届けさせると、信二郎は汐留橋が架かる汐留川の川辺で、変わり果てた淵野有三郎と岡っ引きの屋助の骸を見つけた。

それから何日かして、信二郎は淵野こと友吉が遺した文を持参して夢治療処を訪れた。

「まずは供養だと思って、この文を読んでやってください」

信二郎に渡された文は夢で見た通りにまみれた血が乾いていた。この文には以下のようにあった。

わたしは油問屋斎藤屋の息子友吉です。長きにわたり、皆様を欺いていたことをお詫びいたします。これには理由があります。

押し込みに付け火をされて、斎藤の家の者たちが一人残らず惨殺された時、万に一つの命拾いをしたわたしは、市中を当てもなく彷徨っていて、子どものいない親切な同心夫婦に拾われました。その後、六年前のあの時まで、淵野家の血筋ではないとわかってはいたものの、遠い忌まわしい記憶は全て消えていました。

淵野の両親からは愛情を注がれて育ちましたが、わたしが淵野家を継ぎ、定町廻り同心として出仕して一年と経たないうちに、二人は流行風邪に罹って相次いで亡くなりました。もし、実の子以上に慈しんでくれた淵野の両親が生きていたら、わたしも過去にこれほど拘らなかったかもしれません——。

そこまで読んだゆめ姫はあまりの切なさに思わずため息を洩らした。

――思い出さない方がいいことがある――

文は続いている。

そして六年前の火事が起こったのです。わたしはお役目で火事が起こっている場所におりました。燃えさかる炎を見ているうちに、二十年前、油問屋斎藤屋の跡取りだったわたしの身に起こったことがまざまざと目前に蘇ったのです。

奉公人たちが騒がしくなったかと思うと、刀を手にした黒装束の盗っ人(ぬすっと)たちが押し入ってきました。かなりの数のようでした。当時わたしはやや身体の弱い一人っ子で、そのため、風邪をひきかけると、両親は自分たちと同じ部屋に一緒に寝かすのが常でした。その日もそうだったのです。危うさを告げる奉公人たちの声で、わたしは両親と一緒に目を覚ましましたが、盗っ人がどしどしと廊下を踏む足音が迫っていて、逃げることはもうできそうにありません。実の父である主が押し入れの戸を開け、実の母がわたしを抱いてそっと中に入れました。その際、『じっとしているんだぞ』、『なにがあっても声をだしてはいけないよ』と両親は言いましたが、それがわたしへ向けた両親の最後の言葉でした。

その後、わたしは押し入れの中で、うわーっ、きゃあーっと両親が無念の悲鳴を上げた後しんと静まるのを聞き、斬り殺されたのを知りました。

〝主の子どもはどうしよった？　こん部屋に居なかとじゃぞ？〟

聞き慣れない訛りのある言葉と共に、隠れている押し入れの戸が開けられかけました。

ああ、もう両親同様殺されるのだと、丸くなっていた身をさらに縮こめた時、

〝子どもはここん乳母と一緒に先に始末したんじゃろう〟

もう一人が同様の聞き慣れない訛り言葉で応え、入って来た様子のもう一人が、

〝骸は全部で四十八じゃんけ、ちゃーんと始末できただら〟

異なる訛りで告げていました。

その後、火事となり、わたしは煙にむせながら、必死で逃げました。


一瞬、涙で目が曇り、読み続けられなくなったのは子どもが見聞きするには、あまりに悲惨な惨劇だったからであった。

――そして、酷い目に遭わされたのは友吉さんだけではなかった――

姫は先を読むのを急いだ。


わたしは火事に見舞われている場所を歩きながら、こうした悲惨な出来事をつぶさに思い出していました。

人の波に添って歩いていたので、知らずと焼け出された人たちを助ける万福寺に来ていました。

わたしはそこで倒れてしまいました。鮮明に戻って来た記憶の凄まじさ、酷さに耐え

られなかったからです。介抱されて何日か、万福寺で過ごしました。奉行所役人であることは隠していました。訊かれると友吉と答えていました。自分の名が友吉だったことも思い出したからです。

焼け出された人たちで年齢の近い何人かと知り合いました。火事で助かったのですから、もっと明るい目をしていてもよさそうなものなのに、なぜか、その人たちは暗い目をしていました。それでわたしは火事に遭うよりも、もっともっと辛い目に遭っている人がいるのだとわかったのです。わたしは駕籠舁きの幹大、銭両替屋の一人娘松恵、医家長部家の次女お栄美と互いの傷を舐め合ったのです。

そのうち、わたしたちは心に巣くっている根強い過去の傷を癒すためには、その元凶を取り除く必要があるという結論に達しました。

こうしてわたしたちは元凶たち、相手を思いやる心が全く無い人非人の東西屋新太郎、恥を知らない悪徳同心片口清四郎、藪医者よりも質が悪い好色の長部宗円、そして、商人のふりを続けつつ、押し込みを働く金の亡者の大隅屋次郎左衛門を葬り去ろうと決めました。傷つけた相手を傷つけられた当人が殺してしまっては下手人にされやすいとわたしが言い出して、四人各々が全く自分とは関わりのない、会ったこともない相手を殺すことにしたのです。

——なるほど。考えたわね——

その瞬間、文字がぼやけ、文を持つ手が見えなくなり、〝ブルルル、ファー、ヒー〟という音が聞こえ、ゆっくりと一頭の馬に近づく女が見えた。女は馬をつないでいた縄をほどき、水桶を勢いよく倒し、馬の尻を力いっぱい叩いた。

――おゆいさん、いえお栄美さん、そうだったのね――

次には十徳(じっとく)を着た医者らしき男が鼻歌交じりの千鳥足で杉森稲荷(すぎもりいなり)の脇を歩いているのが見えた。

〝宗円先生〟

木立の中から声がかかった。

〝ふむ、誰かな〟

〝ちょいと診て貰いてえんですが〟

〝患者か。こんな時刻に何だ！　診察はとっくに終わっている。明朝来なさい。うぃ〟

〝駄目だ。今なんだよ。今すぐだ〟

豆絞りの手拭いでほっかむりをした男が木立の中から姿を現し、水で濡らした紙を宗円の顔に押し倒し、押し当てると、紙を取ろうとする宗円の両腕を捩(ね)じりあげ、肩で宗円の身体を地面に押し倒し、馬乗りになった。宗円は足をばたつかせていたが、すぐにおとなしくなった。

男は宗円を担ぎ、田所町まで歩き、長部家へと入った。そして、首に荒縄を巻き、庭木に吊(つ)るした。

〝終わった〟

男はほっかむりを取ると大きく息をした。

——見たことがない顔だけれど、誰かしら？　幹大さん？　そうね、この男(ひと)が幹大さんなのだわ——

姫の文を持つ手がだんだん見えてきて、文字もはっきりしてきた。

最後にわたしは片口だけではなくもう一人殺しました。どうしても、押し入れに入っていて耳にした遠州弁(えんしゅうべん)を忘れかねていたのです。その主は片口の下で働いていた岡っ引きの屋助でした。遠州弁を頼りに探していて屋助に行き着いたので、手先として使っていたのです。屋助はわたしが押し入れに入る時、つい落としてしまっていた、鼠の干支(えと)の根付けを煙草(たばこ)入れに付けていました。金で出来たその干支鼠は両親から贈られたものでした。わたしはこの事実もしっかりと思い出せたのです。

これも亡くなった両親や店の者たちに代わっての復讐(ふくしゅう)なのです。そうは言っても、罪はお白州(しらす)で裁かれるものと心得ています。あの世にいる同心だった淵野の養父はさぞかし、嘆いていることでしょう。

そんな養父をこれ以上嘆かせないために、屋助を討った後は士分の誇りを持って、淵野有三郎として自刃し、果てる覚悟でおります。

定町廻り同心　淵野有三郎

南町奉行所与力　秋月修太郎様

「ところで実は一つ、二つ気になることがあるのです」

信二郎は切り出した。

「あなたをここへ訪ねてきた良空尼のことなのです。たしかに慶空寺に良空尼はおられます。年齢は五十歳を過ぎている老女で、孤児の世話をしたり、頼ってくる人たちを助けておられます。けれども、生家が木綿問屋浅田屋で両親や縁者が死に絶えたという事実はありません。たしかに大隅屋や南方屋は裏であこぎな仕事をしていましたが、良空尼の生家の乗っ取りとは関わっていません。そもそも浅田屋という名の木綿問屋そのものがないのですから。そして、もちろん、この浅田屋をほかの者が買い取ったという記録もありません」

「わたしのところへ来られた良空尼は二十代半ばくらい。思わず惹き込まれてしまう酷い苦労話をうかがいました。げっそりと窶れたご様子でしたが、化粧などすればさぞかし美しく華やぐことかと思います」

そう応えたゆめ姫の瞬き一つに白昼夢が舞い降りた。

小石川養生所であった。伊勢屋が建てた家で松恵がそわそわと待っている。

〝松恵ちゃん、あんたに会いたいって尼さんが来てるよ。昨日、文をくれた人かい？〟

お世津が取り次いだ。

〝行きます〟

松恵はうれしそうに立ち上がった。

〝尼さんだから大丈夫だろうけど、あんな目に遭ったあんたなんだから、これからも気をつけて〟

〝絶対、大丈夫よ、お世津さん。あの方々にはあたしたち、どれだけお世話になったかしれないんだもの。お礼だってまだ言ってないし――〟

いそいそと松恵は出て行った。

次に二回目の瞬きをすると、ぐったりしている松恵を抱え、口元の血を拭き取っている尼の姿が見えた。養生所内の池へと引きずっていく。紛れもなくゆめ姫が会った良空尼だったが、この時は化粧をせずとも、肌や目が生き生きと輝いていた。

――松恵さんは自死ではなかった、この女に毒を盛られて殺され、池で入水したかのように見せかけられたのね。見事に騙されていたのだわ――

ゆめ姫は唖然（あぜん）として相手の目を見据えた。するとその目は白い大蛇の目に細められた。

――良空尼がわらわのお役目の夢力を阻（はば）む、白い大蛇の生き霊だったのだわ――

白昼夢から醒めた姫は急いで硯と筆を藤尾に運ばせて、良空尼の顔を絵に描（か）いた。

「ああ、やはりそうでしたか――」

信二郎は自身を責める口調で苦笑しつつ頷いた。

十二

「この顔は、それがしが慶空寺で会った良空尼とは全く違います。この顔はそれがしが話を訊いた片口清四郎の元新造紅恵です」

信二郎はきっぱりと言い切った。

この後紅恵は悪行の数々に手を染めていた末造もろともお縄となった。お上の大手柄とあって毎日のように瓦版が書き立てた。

紅恵、末造の夫婦は金儲け（かねもう）けだけの一心で、善人を装いつつ、将軍のいる江戸の町で節操なくあこぎな働きをしてきた。

六年前の火事の時、末造と紅恵は善人で通っている表の顔のために、万福寺に食べ物や着るもの、布団等を運んだ。

そして、そこで偶然、末造が昔、世話をした幹大と再会、幹大のみならず、松恵、お栄美、友吉の事情を知ったのだった。その上、四人の心身の傷になっている相手は末造と紅恵がつるんで悪事を働いてきた仲間たちであった。そこで紅恵と末造は四人の復讐心に火をつけることを思いついた。

そもそも、片口、大隅屋、新太郎、宗円といった仲間は、江戸市中の裏社会に通じている末造が言葉巧みに世辞を並べて、操ってやっているにもかかわらず、ことあるごとに尊大に振る舞い、分け前への願望は貪欲（どんよく）さを増すばかりだったからだった。

その一方、片口には四人の恨みを告げて折を見て始末するよう、手控帖に書き留めさせた。こうしておけば、いざとなった時、四人が捕まって罰せられるだけだと踏んだのであった。

しかし、紅恵は気持ちが弱い松恵から企てが露見するのを恐れ、その口を封じた。さらに、あえてゆめ姫に近づき、下手人の夢を見るよう仕向け、自分たちから目を逸らせようとした。

もっとも、末造はといえば、正義感に溢れた香具師の元締めとして、素知らぬ顔で、幹大の損料屋と商いを続け、実は暴利で薬や香、茶碗や箸等を売りつけていた。末造を恩人だと仰いで、言い値で仕入れていた幹大はまさかと呟いたきり、絶句してしまい、事の真相を受け止めるのに時がかかった。

ゆめ姫は恐る恐る、

「操られていた幹大さんやお栄美さんの罪も問うおつもりですか？」

信二郎に訊いた。人殺しは理由にかかわらず死罪であった。

「幹大もお栄美も人のためになる仕事をしています。必死で頑張っています。四人のうち二人も亡くなってしまったのですから、二人には死んだ二人の分も生きてほしいと思います」

信二郎は静かに呟いた。

すると、姫の瞬きの一瞬に妻子と連れ立って縁日の通りを歩く幹大の姿と、母のお都留、姉のお弥江と抱き合いながら泣いているお栄美が見えた。

――この上もなく幸せになってほしい――

そう念じたゆめ姫は、

――ただし、これはやっておかないと――

紅恵と末造の本格的な詮議が始まるという日の前日、自分の夢の中から紅恵と末造の夢に忍び込んで、幹大たちの記憶を消そうと思いついた。

いよいよとなったら、他人も巻き込んで処刑されるのでなくては気が済まないにちがいない。万が一に備えなくては――

まずは末造の夢の中へと入った。末造の見た目とは似ても似つかない、巨大な蛙に似た醜怪な生き物がうとうとと水辺でまどろんでいる。その口は絶えず開いていて、アメンボウ等の水辺の虫を貪欲に長い舌で捕らえて食べている。姫はその長い舌を満身の力を込めて引き抜いた。末造の化身と思われるそのあやかしは動かなくなった。

――こちらはこれでよし――

紅恵の方はこれほどたやすくはなかった。白い大蛇がとぐろを巻いて鎌首をもたげている姿には見覚えがあったが、あの時とは何かが違っていた。ぴかりと細い目が光るたびに白い皮が七色に変わり、熟れきった梨の実のような濃厚な匂いが鎌首から漂ってくる。一瞬ゆめ姫は身体が痺れて心まで萎えたかのような心持ちになった。

――負けない。幹大さんやお栄美さん、亡くなった松恵さん、友吉さんだった淵野さんのためにも、わらわ自身のためにも――

姫は大蛇の目ではなく、もたげた鎌首の動きに見入った。息をしているかのように鎌首がひくひくと動いている。

——誘っている——

そう気がついた刹那、ゆめ姫は黒い雄の大蛇に変身し、少しの躊躇いもなく、白大蛇の鎌首に嚙み付いた。鎌首が地に落ちて血が噴き出し、ほどなく血塗れの白大蛇は白く丸まった皮の塊になった。

こうして四人のことを忘れ去った末造、紅恵は、互いに罪をなすり合うばかりで、ほかには何も思い出せずに斬首となり、幹大とお栄美は事なきを得た。

ある夜、大岡越前守忠相が姫の夢に現れた。

〝追及されなかった罪のことが不本意ですか？　正義がまだ足りませんか？〟

ゆめ姫が案じると、

〝いや、今回は真の正義が行われたとわたくしは思っております。ご立派なお裁きでした。まいりましたのは礼を申し上げたかったからです〟

越前守は年甲斐もなくやや照れた様子で、

〝白大蛇からわたくしをお助けいただきありがとうございました。その上、相手から、もう越前守をこの世に行かせないようにすると脅されると、あなた様はことのほか果敢に闘ってくださいました。この忠相のために——。ここまでわたくしを重用してくださるのは、八代有徳院様とあなた様だけです。すっかり感激いたしました〟

頭を垂れ続けた。

〝越前、六年前の火事に手掛かりがあるのだと教えてくれたのはそなたでした。わらわの方も礼を言わねばなりません。それから江戸市中の火事が大事に到らないよう、火消しの組を作ってくれたことも含めて礼を言います、ありがとう〟

姫が礼を返すと、

〝いえいえ、とんでもございません。あの白大蛇に始終襲われながらも、姫様のお役に立てたのは、百年以上前に決めて伝えられてきた火消しの神、纏（まとい）のおかげです。纏は町火消の各組が用いてきた旗印の一種です。そんな纏がわたくしを覚えていてくれたので、何とかお伝えできたのです〟

越前守は慎み深くまた頭を下げた後、

〝あと、これは姫様がお知りになりたくないことかもしれませんが、やはり、お伝えしておくべきことのように思いまして――〟

ゆめ姫の前から姿を消した。

すでに場所は寺の墓地に変わっている。歌声がした。

――あの声は――

姫は声のする方へと歩き進んだ。

――あの方――

襲われて殺されかけた夜に助けてくれた男であった。男は大工の五吉と名乗って湯屋（ゆや）に通っていたことまでは突き止めていた。けれども、小石川養生所でせっかく再会しても、四郎と名乗る中間兼肝煎小川尊徳の助手になっていて、ろくに言葉を交わすこともなく、礼さえ言えず仕舞いとなっていた。

ゆめ姫は今度こそ礼を言いたいと、歌っている男の方へと歩みかけた。ゆらゆらと紫色の線香の煙がたなびき、今が盛りの卯の花が清々しかった。姫は新仏の墓標の名に気がついた。

淵野有三郎友吉。

何とそこは同心淵野家の墓所であった。男はそこへ出向いて供養の花や線香を手向け、曰く言い難い美声で唄を歌い、静かに話し始めた。

〝わたしはあなたがしようとしていることのおおよそは見当がついていました。なぜなら、あなたとわたしとは常に深い絆で繋がっていたからです。わたしはこれから尊徳先生の勧めで長崎へ医術を学びに行きます。あなたは常日頃から、伊賀に生まれ育って戦いのための鍛錬だけを旨としてきた、わたしの危うい役目に不安を抱いて案じてくれていましたね。これでもう、あなたに心配をかけることもなくなりました。そんなあなたが先に逝ってしまうなんて――あなたが生きていて、一緒に喜んでくれたら、どんなにうれしいことか――〟

四郎の目から涙が滂沱と溢れ落ち、頬を濡らして言葉が止まった。しばし、途切れた後また言葉が続けられた。

〝尊徳先生が伊賀のお頭と話をつけてくれたおかげで、わたしは今までと異なる道へと踏み出すことができるのです。これはあなたがわたしに願った世のため、人のため、そしてわたし自身のためになる生き方です。もうわたしは今日を限りに泣きません。わたしはあなたを決して忘れません。今日はあの世のあなたとこの世のわたしの祝言です。晴れの日なのです。わたしは誓ってあなたを生涯愛し続けます〟

——淵野さんと四郎さん、そういうことだったのね——

合点したゆめ姫は声を掛けずにこの場を離れて目を覚まし、

「お礼を言って、ゆっくりいろいろなお話をしたかったのに、それが出来なくなってしまったのは残念。でも、それでいいのだわ。わらわの想いを伝えることより四郎さんのこれからを応援する方が大切ですもの。こういうのも失恋というのかしらね」

やや苦めの笑顔でふと洩らした。

〈参考文献〉

『大岡忠相　江戸の改革力　吉宗とその時代』　童門冬二著（集英社文庫）
『御前菓子をつくろう　日本最初のお菓子専門レシピ集　江戸のお菓子75品　江戸の名著古今名物御前菓子秘伝抄より』　鈴木晋一訳　永見純・日本菓子専門学校　菓子再現（ニュートンプレス）
『聞き書　鹿児島の食事』「日本の食生活全集46」（農山漁村文化協会）

本書は、時代小説文庫（ハルキ文庫）の書き下ろし作品です。

わ 1-52

からくり夢殺し ゆめ姫事件帖

著者　和田はつ子
2020年4月18日第一刷発行

発行者　角川春樹

発行所　株式会社 角川春樹事務所
〒102-0074 東京都千代田区九段南2-1-30 イタリア文化会館

電話　03(3263)5247［編集］ 03(3263)5881［営業］

印刷・製本　中央精版印刷株式会社

フォーマット・デザイン＆シンボルマーク　芦澤泰偉

ISBN978-4-7584-4335-7 C0193

http://www.kadokawaharuki.co.jp/［営業］
fanmail@kadokawaharuki.co.jp［編集］ ご意見・ご感想をお寄せください。

時代小説文庫